小情書

小書

著

序——此生永以書為伴

阿濃（著名兒童文學作家）

小書為她的第一本書《小情書》索序，名字有「書」，書名有「書」，第一屆「書」壚創辦人，還將一屆又一屆辦下去，在閱讀雜誌寫「書」的讀後感，還正準備開「書」店，這樣一個全身心愛「書」的女孩，該是所有喜歡讀書、藏書、曾經寫書的朋友所欣賞的，其中一個是我，所以為她的第一本書寫序是我光榮的任務。

小書說：「書是她生命中最重要的東西。」不止於她從中獲得知識，獲得樂趣，獲得智慧，獲得人生道路的指標。更因為她愛這個生於斯、長於斯的城市，這個城市面臨多方面的迷失，信仰、政治、道德、法律、生活意義……許多人已灰心放棄，但她相信這「城市中還有一股強大的生命力，沒有向現實低頭折腰。」我不知道她的信心從何而來，可能是她在所從事的活動中，看到許多不死的心，要守護這個城市，成為有知識、有文明、有品質、有愛的美麗之地。

小書說：「天天都是讀書天。」因為任何日子讀書都能帶給我們簡單但豐富的快樂。愈多人讀書，愈能使這個城市充滿生命的活力。她說：「從今天起就找回那個最純真的自己，從根本處過最快樂的生活，讓我們一起肩負活化我城的責任。」你可願響應她的號召？做一件極簡單的事：以閱讀為樂。當讀書成為城市最耀目的風氣，這塊土地也就「腹有詩書氣自華」了。

為一本書寫序，是對作者的肯定，序言對讀者負有部份責任。我看完整本書，領略到她的心有愛有悲憫有同情，關懷弱勢社群。她介紹的書和電影有一個總的傾向：了解社會被誤解的人和事，給他們一個正確的態度。這顆熱心與愛讀書並行。

我以喜悅的心完成了這篇序，因為這是一本有品味的書。書名《小情書》，大概是想送給天下有情人。

阿濃

二〇二一年

序

李慧心（香港公開大學教育及語文學院院長）

今年三月中，正是春天漸漸走遠，初夏即將來臨的時候，小書傳來資訊，邀請我為她即將出版的書寫序。小書一向有在網絡發表文章，所以我對於她出書並不驚訝，而是欣喜能見證她第一部作品面世，也為受邀作序感到榮幸。

小書是我在浸會大學任教時的學生。記憶中她是聰明伶俐，勤力又有自己想法的好學生。後來知道她選了教學的工作，心裏替中學生十分鼓舞，有這樣一位用心又有創意的老師，在成長的重要階段與他們為伴。後來小書在文化、創作，與市集的界別做得非常成功，開創了自己一條獨特的路。我還記得幾年前在浸大每年一度的僱主午餐會（Employers' Luncheon），有個表揚傑出畢業生的項目請求提名。我立即提出小書的名字——作為年輕一輩畢業生的典範。我知道小書並不在意名聲，我只想更多人知道年輕人的努力。小書的榜樣，也可以為新一代的年輕人打打氣，看見縱使在困難之中，也許要付上加倍的努力，只要不放棄追隨自己的夢想，一定有得著。

這本作品叫《小情書》，恰如其名，是一篇篇的真摯心事。三個內容重點不同的部份，都是作者生活的記憶。由年幼時對長輩的印象、共同經驗的點滴，到成長中與世界大大小小的交往，化成了親切的文字，在每一頁紙上對讀者細訴。

在「城市裏的回憶」，我看到一個敏感的心靈，認真地回顧過往的生活片段。作者和父親的相處，引出日後對人與人之間關係的反思；城市生活吉光片羽的紀錄，也提醒我們停下來好好凝視一下自己的生活細節。這些回憶看在我這個土生土長的香港人眼裏（雖然是年長很多輩的），喚起了我對這個城市的感情，彈丸之地，擠起上來有時真令人急燥煩惱，但人情味濃和潛力之驚人，卻實在不得不愛。

「療癒心靈的書」是《小情書》的中心部份（「中心」in more than one way），也是佔篇幅最多的部份。我看這是作者和讀者最真摯的對話。愛閱讀是作者一向直認的，在這些篇章內，我們感受到小書把自己的閱讀經驗和心得與大家分享。每一篇的推介，不只是提供書名作者和主題內容這類基本資訊，更有一個喜愛思考的聲音和我們傾訴閱讀的實質感受。小書選擇放在這本作品的推薦書目，有好幾本我也看過。讀罷，令人很想立即把書拿到手，親身（再）經歷一次思想的旅程。

最後一組文章「電影的意義」也是我喜愛的題目。以往教書的時候，很多時會利用電影來啟發學生思考某些議題。雖然對比起文學作品，有人會認為電影是對受眾「指示」較多的媒體──人物的樣子、衣著、說話的語氣，甚至是場景氣氛等等，都因為導演的選擇和演員的演繹方式而固定了。也正因為有了一個「版本」，電影在傳意和引導觀眾的思緒感情方面，有較為實在的力量。故此，十分認同小書以看電影（和其他表演的形式）來反省生活中的各種相遇。

生命是一趟充滿未知的奇妙旅程，我們每人在經驗這個旅程當中，非常幸運有其他同行者把他們的所思所感紀錄下來。這些紀錄，有時為我們提供了問題的答案，有時增加了我們旅程的趣味，有時又是我們旅程中的好伴侶。《小情書》紀錄了作者靈巧的思路，用真摯純樸的語言，與我們同行作伴。

李慧心

二〇二一年四月八日

目錄

療癒心靈的書

電影的意義

城市裏的回憶

淺談攝影

父親喜歡攝影，小時候他替我們幾姊妹拍下不少照片，印象最深刻的是他叫我們逐一走到幾朵鮮花後面，弄一弄鏡頭，按下快門，沖曬出來的照片，花兒朦朦朧朧的，人臉卻很細緻，美極了！

他有一部 Minolta 美能達的菲林單反相機，每拍一張要拉一拉右上方的小桿才可轉到下一格菲林，很有趣。記得有幾次，父親在星期天不用上班的時候，會拿相機和紙筆，教我甚麼是光圈、快門和曝光，但我總是欠缺耐性，希望他快快説完，然後可以拿相機去玩。結果，我就是甚麼都學不懂了。

父親知道我對攝影感興趣，在我出來工作的第一個年頭，他就拿了數千元買了一部 Olympus 的數碼單鏡反光相機給我，又趁機再説一次光圈、快門、曝光和相機的基本操作，更給我買來一個防潮箱，叮囑我好好保管相機。雖然那部相機不是甚麼最新型號，但它對我來說是個無價寶，他不單是我第一部擁有的單反，更是父親買給我的禮物，至今我仍把它好好保存。

父親就是這樣，從不把愛宣之於口，卻從他的一舉一動中讓我們感受到。

我喜歡拍照，我喜歡把人和景物都攝下，因為我覺得它們都是有情的，特別是在這個變幻的年代，一切來得快也去得快，只有用相片才能把永恆留住。我不懂得甚麼攝影技巧，永遠總是相信自己的感覺，把東西都拍下來，相片中沒有太講究的構圖、曝光、景深和距離，卻總有一份感覺、一份情。

曾經認識一位男同事，他喜歡攝影，拍的都是鳥兒和風景，每月會傾盡薪金添置鏡頭或新相機。他拍下的照片光暗分明、色彩鮮豔、層次井然，每隻鳥兒的羽毛都清晰可見，每個風景看起來都浩瀚無際，然而，就是欠缺了一點情。

沒有靈魂的照片，再美也不過是技巧的堆砌，不是嗎？

我兒時照片

一張紙的快樂

「一張紙的快樂。」我想起坐在海傍的那個人像畫家跟我說過這麼的幾個字。

案頭上堆積著一個又一個文件夾，裏面夾著一張又一張的滿佈黑色小字的A4紙，我眉頭緊皺。

從沒有報價的經驗，我望著手上那幾張上年度的單據和貨品目錄在發呆；手頭上有幾個計劃書仍未完成，有的毫無頭緒，有的要待對方回覆才可動筆；那一個年級的試卷總算改完了，奈何上級不放行，要再作調整，修改自己所批改的東西；那幾疊工作紙和作業在桌上早已放涼，我連翻開它們的時間都沒有；那些回條、學生記錄冊、班訊、操行評語已在文件夾內等待我許久，我還未點算、填寫、修改……今天的課還沒有準備，鐘聲已經響起，我得上課了。積累的經驗使我在課堂內不至於完全失據，但我知道自己不只如此。

多少次從課室走出來的時候，我心裏都是帶著愧疚的。

「一張紙的快樂？」我又想起了這幾個字。

小休後的空堂給代課的任務奪去。我走進陌生的班房，孩子們溫習的溫習、閱讀的閱讀，做家課的做家課，而我終於有機會批改一下本子。十數分鐘後，課室的後排位置傳來一點嘈吵，對聲音過敏的我往那處走去，只見幾個學生手腕上戴著用單行紙剪成的手錶，上面繪上了一些卡通圖案，他們甚至設計了幾隻戒指手錶穿在小指頭上。小時候，我也做過紙手錶，我想起了那簡單的快樂。看到他們小心翼翼的剪裁著那些玩意，我沒有叫停他們，更參與他們之中，給自己做了一隻紙手錶。下課鐘聲很快就響起來，我急忙把紙手錶往口袋裏塞，匆匆的離開趕往下一堂課。

好不容易到了功課堂（放學前三十五分鐘的班主任時段），我緩緩的走到自己的那個班，著孩子們寫好家課日誌待我簽閱，就在我伸手在口袋裏拿圓珠筆的時候，我不小心把放在裏面的紙手錶掉在地上。坐在前排的女班長連忙拾起那紙手錶，看到我那個小作品後，她在櫃桶拿出一張張寫上了同學姓名和描畫了他們樣子的「圖書証」，她說有了這些「圖書証」，同學就可以向她借閱圖書，我仔細地看著那些小紙，從校徽到編號到電腦條碼，製作一點也不馬虎。其他同學見到她向我分享自己的玩意兒，都紛紛拿出自己的向我展示：有寫上了很多個零的「銀行支票」、有畫上了不同怪獸的戰鬥卡、有動物書籤、有迷你書、也有畫滿公仔的草稿紙……

一張紙的快樂原來是真的。

我把紙手錶放在案頭，再望望那堆文件、作業，終於微笑了。

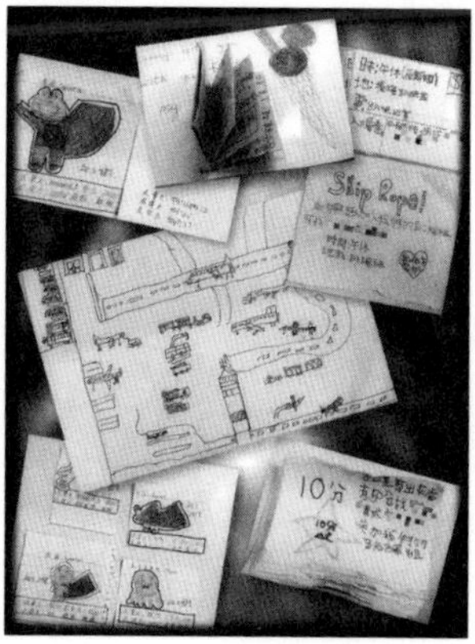

我學生的作品，至今仍然保存著

扒火腿芝士三文治

它平凡的名字不甚動聽，很多人因而忽略了它。

也有人覺得火腿和芝士不是甚麼貴價食材，在家裏隨手也可弄到這款三文治，用不著花十多塊錢去吃。

更何況不是每一家餐廳都願意花心思製作它，所以不認識它的大有人在。而認識它的人就會覺得這是一道邪惡的食物，比普通的三文治含的脂肪都高得多。

是日午後，沒有吃午餐的我來到深水埗這間快餐店，就是那一種食物款式和選擇都比茶餐廳少、沒有伙記替你落單、而是要自己到收銀付款然後排隊拿食物的那一種港式快餐店。穩佔八款西式下午茶榜首的就是它——扒火腿芝士三文治。

我記得數年前就在甚麼地方吃過它，那微脆的麵包滲出牛油的酥香，半溶的芝士溫柔地躺在鹹鹹的火腿上，那金黃色的賣相絕對不比五星級酒店的金薄蛋糕遜色。

我知道大家樂、大快活有時候都有賣這種三文治，但始終做不出那種賣相和味道。

沒有半點猶豫，「西式下午茶一號、凍檸茶。」我走到領餐櫃枱前耐心等待，等那份扒火腿芝士三文治和那杯檸茶。只是五、六分鐘的時間，它們已經出現在我眼前。的確，那份扒火腿芝士三文治不論是氣味還是樣貌都跟我記憶裏的一模一樣，唯一不同的是坐在快餐店卡座的我當下切切實實的感受到那份三文治的微溫。

我無懼手指頭會因沾上牛油而「油立立」的狼狽境況，小心翼翼、如獲至寶地拿起半邊扒火腿芝士三文治細嚼起來。每一口的鹹香都令我如痴如醉，再呷上幾口茶味十足、檸味酸甜合宜的凍檸茶，不單只肚皮給填飽了，味覺和視覺更是得到前所未有的滿足。

翻查網上資料，原來May姐曾經拍過一段「May Fung（馮美基）教煮扒芝士火腿三文治」的影片，又說過「Croque Monsieur其實即是法式火腿芝士三文治……我愛以它伴上湯當為一個輕巧午餐，或是配一杯咖啡作為小食，每次一見到半溶的芝士從麵包湧出來就食慾大開」。

原來扒火腿芝士三文治是源自法國的高級食物，連May姐都對它鍾愛有加。但可惜她配的是湯或咖啡，如果她知道喝檸茶、鴛鴦或華田會更能襯托出扒火腿芝士三文治的真味，你說多好呢！

扒火腿芝士三文治的真味

從死到生——念父親

二〇一四年十月六日凌晨兩點多，手機傳來微弱的震動響聲，我從朦朧中醒來，心裏已被一種強烈的不祥之感佔據。電話那邊傳來姐姐的聲音：「阿爸應該不行了，你快趕來醫院……」趕忙的換好衣服，衝到死寂的街上，跳上的士直駛伊利莎伯醫院，沿途一直焦急，終於在差不多到達前的三個紅綠燈，我哭了——這是我第一次經歷至親的死別。急診室裏的一個小房間內，坐著哭得不似人形的媽媽、在旁陪伴的兩個姐姐、我和男朋友，那沙發上還放著一個透明的大膠袋、裏面放著爸爸在佛教醫院牀頭櫃中的零碎物品：牙刷、卷紙、手機、藥品……。

「姑娘說阿爸凌晨的時候就開始咳嗽、吐血，他們叫救護車把他送到醫院來……現在正在搶救……」姐姐說。我不懂反應，醫院的白燈總是光得令人不知所措。

我們幾個等了十多二十分鐘，終於一位姑娘帶我們到隔壁其中一個用布幕圍著的急診室，裏面就躺著爸爸的身軀。「好喇，家人來探你喇。你們跟他說最後的話吧。」姑娘溫婉的說，那時候爸爸其實已經斷了氣。

媽媽根本就不能接受眼前的一切，哭的呼天搶地，我們都是淚流滿臉的，也希望那只是個惡夢。但我們也知道這總算是爸爸的一個解脫，末期肺癌的煎熬實在是太痛苦，那些嗎啡止不住的痛、痛得不能走路、吃甚麼吐甚麼的日子，終於完結。那一個凌晨以送爸爸的遺體到殮房作結，我們都帶著被撕碎了的心各自回家先行休息。

爸爸走前的一段時間，進進出出的都是醫院、急症室，他說過養大我們三姐妹，我們沒有作奸犯科，有讀大學的、有成家有孫兒的，已是無憾了。兩星期後，喪禮結束，爸爸的遺體被火化，他整整六十年的人生雖化成了塵土，卻都留在我們心中。

就在喪禮完結後的那個晚上，我做了一個夢，夢見我去醫院探望爸爸的時候，一進病房的門就看見他收拾好行李，下了病牀，說突然所有病都好了，可以出院回家。

人啊！無論出生貧富，都是公平地以死作結。活著的時候，我們很少、也很忌諱死亡（華人社會為甚），生怕想多了、說多了便拉近了跟死亡的距離；更有些人以為可以依賴科技、醫學甚至財富控制生死，蔑視自然的力量。很多人一生拼搏勞累，到瀕死前才驚覺不明為何一生庸碌，帶著絲絲不忿、不明、不捨，走到盡頭。其實，愈早能夠知道死亡、了解死亡、接受死亡，人就能透徹生命的意義，過無悔無憾的一生，當然，這又是另一門深奧的學問。

三毛說過：「在我們有生之年，即使失去了心愛的人，如果我們一日不死，那人就在我們的記憶中永遠共存；直到我們又走了，又會有其他愛我們的人，把我們保持在懷念中。愛，是人類唯一的救贖，它的力量，超越死亡。」

爸走了差不多七年了，他一直都在我們一家人的記憶中，永遠被惦記、被敬重。

我幼時與父親合照

第一屆書墟文化節

——總結與展望

第一屆書墟文化節結束後（按：該活動於二〇一七年六月舉行），病了兩個多星期；沒趕上逐一向參與者致謝，也來不及做好一些總結和檢討，我委實感到內疚。

以墟輔書，將喜歡逛攤的群體引入閱讀的世界，透過結合書攤與市集向大眾推廣多元閱讀、擴闊大眾對閱讀及市集文化的認識及促進人與人之間的交流，是我籌辦書墟文化節的主軸。

怎麼想到做書墟呢？我喜歡書、喜歡閱讀，如果數算我生命中重要的東西，書一定會在名單的首位；我也辦市集，喜歡見到不同的攤檔，這種混雜與多元讓我看到城市中還有一股強大的、倔強的生命力，沒有向現實低頭折腰。適當的時候有點私心又何妨？我就這樣把它們撮合成第一屆書墟文化節。

我堅持使用「第一屆」在活動名稱中的，看上去雖然老土，但正正是這幾個帶有歷史意味的字提醒我要把書墟文化節一年一年的延續下去。有說萬事起頭難，籌辦第一屆書墟文化節的確是最難的，一切究竟從何入手？其中籌備活動的種種困難這裏不欲多言，有經驗的自然會懂，不理解的多說也無用；只可以說的是，經歷還是蠻深刻蠻有挑戰性的。同時，籌辦第一屆書墟文化節也可說是最容易的，沒有前者作比較，好像做成了甚麼也容易找個藉口，往後的第二、第三、第四屆……才是難上加難，看貿發局每年舉辦的書展便可引以為鑒。

我在因緣際會下聯繫上香港獨立出版組織出版前沿共同體的召集人，促成了第一屆以「獨立出版．市集．隨心交流」作主題。這次書墟文化節共有十七個書店及出版單位參與，當中包括（排名不分先後）brownie publishing、dirty press & friends、水煮魚文化、生命之旅 X 梁國棟 @ 真人圖書、里人文化事業有限公司、異色實驗 ×Platform× 原 O、進一步多媒體有限公司、毫末書社、

Kubrick、印象文字、格子盒作室 gezi workstation、香港繪本文化、菜菜子書屋、埋機啤文文字工作坊；而文創小攤則有近五十個，很多也是與閱讀有關的紙品、手作和設計品，百花齊放。兩天合共舉行了十場書籍、出版相關的分享會，席上的觀眾有遊人有讀者，也有當我主持完其中一場對談後上前跟我打招呼說支持是次活動的《文匯報》副刊記者小姐和 Journal Pattern 的編輯先生等。

活動前的媒體報導早已是一個接一個深刻的鼓舞：《明周文化》的專訪、叱咤 903 節目《你好嘢》的錄音訪問、其他不同報章、雜誌、網媒大大小小的報導共約二十個，還有促成了過程中《蘋果日報》副刊的記者小姐專訪了其中一家獨立出版社和他們新出版的作品……

兩天的第一屆書墟文化節就這樣匆匆的結束了，然而它又似要以另一種的方式蔓延。活動後數天，仍在病榻的我一大早接到出版前沿共同體召集人的信息，說一個來自上海的文化藝術團體記者因為書墟文化節而想訪問他有關獨立出版，當下我已經欣慰得死而無憾（因當時病到感覺自己快不行了）；類似的消息好像還有幾個，就像《明報》文化版的有關獨立出版的訪問在星期五便會刊出了。一

第一屆書墟文化節宣傳海報

切一切，都像是提醒我下一屆要更努力去辦！

值得記下的還有很多，惟腦力暫時已耗盡，餘下的只好留個伏線待續。展望下一屆書墟文化節能在更廣闊的場地進行，有更多有心、愛書愛閱讀的書店和出版商參展，更多書迷愛上逛攤，更多逛攤的人愛上閱讀，也希望大家能夠提供點子和意見，令我們一屆比一屆辦得更精彩、更完備。

文章中刻意沒提及任何人名，怕掛一漏萬，見諒；你們充滿熱暖的臉孔，一一烙在我心上，一切感謝盡在不言中。

第二屆書墟文化節再會。

冥冥

從小到大聽過很多不可思議的傳言，當中這個比較深刻。

高中的時候，一位同班同學忽然跟我們說週末要到澳門走一趟，同學之間都大感驚訝，畢竟在那個年紀去澳門就宛如出國般的大事。細問之下，原來鄰班的某某告訴那個同學在澳門一間杏仁餅老店見到一個長得跟她一模一樣的女生，所以她決定要親自去看個究竟。

後來，那個同學真的去了澳門，卻遇上女生放假沒有上班。我心中有十萬個為甚麼：既然已經到了，為甚麼不多留一天多去那家店找一次？為甚麼不問店中的人她究竟是不是跟她長的一模一樣？為甚麼鄰班的某某見到那個女生的時候不拍一張照片？為甚麼……為甚麼……

再後來聽女同學說，我們一生中都有三個跟自己長得很像很像、大概是九成九相似的人，聽到之後我心中的疑問就更多了：那三個人會跟我同一國籍的嗎？年紀跟我差不多？她們住在哪裏？會不會是個男的？然後，那一個個的疑問隨著時間流逝給丟淡，那個同學始終沒有找到跟她長得一樣的那個女生。

最近忽爾又想起這個奇怪的傳言，在網上胡亂搜到一些資料：

原來「三人說」背後還有一個說法，就是如果幾個人同時相遇了便會死（太嚇人了吧！）；更有說世界上其實有七個跟你長得一模一樣的人，相遇就可以活到一百歲（這個又太誇張了！）。

原來世界不同角落也有人跟我一樣對跟自己長得很像很像的人感到好奇：

加拿大蒙特利爾的一位攝影師 Francois Brunelle 就花了十多年的時間尋得兩百對模樣相似、卻沒有血緣關係的人，把他們的照片一一編入書中出版，而引發他興趣的正是因為當年一位朋友告訴他他跟飾演戇豆先生的英國喜劇演員 Rowan Atkinson 長得很像。在尋訪和拍攝的過程中，Francois 在這些人身上發現一個又一個的巧合，譬如說有同年同月同日生的、有相同職業的、有相似衣著品味的、有曾經就讀同一所學校的……

兩年多前，三位外國的年輕人嘗試透過臉書專頁"Twin Strangers"和網站，讓人找出自己的「雙胞胎」，至今已成功配對世界各地很多長相極度相像的人，被上載到網上的成功個案多不勝數，當中不乏有趣的例子，譬如男生女相、女生男相的「雙胞胎」組合、跨越幾個世紀的一對、也有一些牽強附會的。

雖說世界上不少人對「跟自己長得一樣」的人都很感興趣，但我卻鮮有找到亞洲面孔出現在上述的媒體，而在華文世界也未有出現類似的網上平臺（還是我找不到而已？知道的讀者可以告訴我啊！謝謝。）

或許，這是跟那可怕的「死亡論」有關吧！你又想找到自己的「雙胞胎」嗎？

附：

François Brunelle 臉書專頁

https://www.facebook.com/François-Brunelle-123365077839594

"Twin Strangers" 臉書專頁

https://www.facebook.com/twinstrangersofficial

"Twin Strangers" 網站

https://twinstrangers.net

在「世界閱讀日」出發

今天四月二十三日是「世界閱讀日」，湊熱鬧，談閱讀。

跟大部份香港人一樣，小時候我沒有甚麼愉快的閱讀經驗（如果你有，那麼我很替你高興）。

高小時，學校推行廣泛閱讀計劃——ERS（Extensive Reading Scheme），每週總有一、兩節英文閱讀課。那時候老師會請幾個同學把一個個黑色的厚咭紙盒從班櫃裏搬到教師桌上，把紙盒打開，取出一疊疊橙黃色的、過了膠的問題卡，把它們立於黑板的粉筆槽上。接著，同學會按座位順序輪流到自己所屬的紙盒中挑選那些被膠套小心封好、卻又遮蓋不了它們的殘舊的英文圖書。我們是被分配到不同紙盒的，而分配的準則，就是按同學的英文程度了。

我讀的雖然不是充滿明爭暗鬥的精英班，但當同學A在讀那本只有十多個英文字一頁，而每個字的大小好比一顆小黃豆般的圖書時，周遭總有幾個不懂禮貌的小鬼在竊笑！當時我的英文程度應該是中等吧，讀著一本本不薄不厚、不怎麼有趣的英文書，公式化地完成一份又一份的問題卡「交差」，偶爾做一個詳盡的閱讀報告，每年閱讀量最大的同學會獲獎，這大概就是我對閱讀最原始的記憶了。中文書方面，學校不曾重視，每年做一、兩份閱讀報告就是了。

至於中學，我更是過了一個「閱讀缺席」的生涯。由中一入學到預科畢業，我不曾閱讀過教科書和筆記以外的讀物，就連預科時指定要讀、要做報告呈分的《承教小記》、《唐山大地震》和《棋王》，也是草草翻過便算，高考成績單上中國文化科校本評核的D就是必然的結果了。

那末，我又是怎樣煉成今天這樣書不離手的呢？說起來還是要感謝中、小學時候學校對我的文字訓練，縱然寫不出肺腑感人的文章，也沒有一目十行的超能，起碼也掌握基本的中、英書寫和閱讀能力；大學時，讀起一篇又一篇小字堆得密密麻麻的課程選篇和筆記時，總不至被嚇怕。四年大學的時光，我最愛躲在圖書館，不為涼冷氣，而是浸大圖書館「自閉位」挺多，我喜歡在裏面讀課程選篇，也方便找書做論文，看到累的時候就在圖書館閒逛，發掘寶藏：七十年代的《突破》雜誌、八十年代的《香港年報》、甚麼時候的教育白皮書、香港地圖……一切都很有趣。然而，那剛被燃起的對閱讀的好奇瞬間就被職場的不分晝夜淹沒。其間我經歷過幾年流連書店和不斷買書的過程，然而卻總擠不出閒情逸致來看我深信自己有時間去看的書。說到真真正正專注地享受閱讀，是我從全職工作退下來、開展自己事業時的事，那只不過是數年前開始的。

雖然起步不早，但現在閱讀起來總算流暢，一方面是因為那是沒有壓力底下的閱讀，另一方面是我愈來愈了解從書本中學習的需要，驅使自己更努力去讀。

「世界閱讀日」的起源在網上不難查到，在此不贅言；倒也想藉此機會向大家推薦一下幾本好書和我的讀後分享（見本書〈療癒心靈的書〉部份），也不忘告訴大家其實天天都是讀書天：

1. 書名：《真正的家：365天每日智慧》
作者：一行禪師

出版社：立緒文化事業有限公司

2. 書名：《電影——我的荒謬》及《夏蕙回憶錄》

作者：狄娜／黃夏蕙

出版社：藍天圖書／白卷

3. 書名：Symposium

作者：Plato

出版社：Penguin Classics

4. 書名：Many Lives, Many Masters: The True Story of a Prominent Psychiatrist, His Young Patient, and the Past-Life Therapy That Changed Both Their Lives

作者：Brian L. Weiss

出版社：New York : Simon & Schuster Inc.

向一位農婦學習

常聽到人們感嘆：「到了我這種年紀，一切已經太晚了。」說的人有的是二十多歲，更多的是三、四十歲或以上的人。早陣子在書店裏看到一本關於一位老婆婆的書，讀過封底的介紹便毫不猶豫的把它買下來。或許你跟我一樣，在此之前連她的名字也沒有聽過，更遑論知道她的事跡，但在你知道她的故事後，你會打從心底裏欣賞她、尊敬她。

老婆婆住在美國，出身於農家，十多歲的時候在有錢人的家裏當僕人，二十七歲下嫁一位男傭，兩口子買下一個農場，過著恬靜樸實的生活。在很多人的眼中一個鄉間農婦的故事不值一看，但如果她曾經登上時代雜誌封面、接受CBS著名播音員Edward R. Murrow在“See It Now”節目裏的訪問、甚至連杜魯門總統也親授獎項給她呢？

一九一八年，五十八歲的摩西婆婆（Grandma Moses，原名Anna Mary Robertson Moses）在家裏壁爐的遮板上畫上人生中第一幅油畫；當她因為嚴重的關節炎而無法再做刺繡的時候，她更專注在油畫上。那時候人們經常可以把自己的農產、手作等拿到當地的博覽會或慈善賣物會上，婆婆弄的果醬受歡迎，而且曾經獲獎，但一同帶去的油畫卻沒有。一九三八年，鎮上來了一位收藏家，他被摩西婆婆擱在藥店上的畫作吸引，隨即買下摩西婆婆所有畫作。幾經奔波籌備，婆婆在他的協助下終於辦了第一次的展覽，名為「一個農婦的畫展」，那時候婆婆已經八十歲。接下來的日子，摩西婆婆進行了更多的展覽、出席演講、甚至獲得藝術學院頒發的榮譽博士學位，更重要是直到她一〇一歲去世之前，她都沒有停止過作畫，計有畫作二千多幅。

摩西婆婆的成就，或多或少跟當時美國的時代背景有關。二戰結束後，美國急需一些具號召力的人物建立自己在文化領域上的霸權，以擺脱歐洲抽象主義藝術風格的影響。摩西婆婆寫實、率真的田園畫風格正合時宜，加上她土生土長的美國背景，正好讓傳媒以及官方機構塑造成一個傳奇式的英雄形象（也向全世界暗示在美國裏一個平凡的農婦也有不平凡的能力）。

話雖如此，摩西婆婆的成功絕不是單純的運氣使然。從執筆繪畫第一幅油畫開始，到自學不同油畫的技巧、臨摹明信片和報刊上的圖畫再到專注繪畫農場上的一事一物、四時變化，摩西婆婆的成就背後藏著無比的堅持和耐性，畢竟從她開始作畫到被人發現、賞識的時候已經過了二十二年的光景，而當時她已是個八十歲的老婆婆了。

每隔一段時間，我總會從身邊的朋友、同事、學生們聽到不同的慨嘆：「到了我這種年紀，一切已經太晚了。」、「我堅持好幾年了，就好像甚麼成果都沒有！」、「像我這樣努力的人，究竟何時會成功啊？」……讀過摩西婆婆的經歷，如此種種的抱怨和嗟嘆便顯得份外刺眼。

歲月的確不留人，但誠如摩西婆婆所說：「有些人總說晚了、晚了；事實上現在就是最好的時光。」

活在當下，那怕你已經到了日暮之年，成功之門一定會為你而開。

摩西婆婆照片

摩西婆婆的畫作《去滑雪橇》，一九六〇年，她當時一百歲

有關簡體字　我想說的

預科時修讀中國歷史，老師給我們每人一份常用繁簡字對照表，他說如果要在試卷寫簡體字就得用上正確的寫法，不然會被閱卷員扣印象分。那年頭的高考，上、下午各考三小時，三小時內要用上數千字回答論文題，為了加快書寫速度，同學們普遍都會在答題時寫一些簡體字。那兩年預科生涯我除了嚥下不少中史筆記、訓練出一隻「摩打手」之外，最深刻的就是不知不覺間從閱讀簡體史料和答題中學懂了絕大部份的簡體字。

大概是這個緣故，我對簡體字並不抗拒。後來偶然知道簡體書比港版、臺版便宜許多，那是個港元兌人民幣的匯率還處於優勢的年頭，縱然那時候大部份的簡體書都是以１：１的價錢作零售，但由於簡體書的定價實在相宜，買簡體書對於像我這樣的窮學生仍然是挺划算的。

還記得〇七年以銷售簡體書為主的新華書城落戶銅鑼灣禮頓道一號，不少書迷狂喜，因為它是香港鮮有的大型多層式書店，書種、書量以至價格都能滿足書迷的需要。記得那時我在那裏「留下不少腳毛」，家中的簡體書有不少都是購自新華的。

於我來說，懂簡體字是一種方便生活的技能，從考試、到日後工作時需要速記一些事情等，就如同一個人懂英文、法文、德文一樣……但隨著近年反內地的情緒在香港蔓延，一切與內地有關的人和事都成了希特拉眼中的猶太人，非趕盡殺絕不可。這些年間，簡體字逐漸被妖魔化成了「殘體字」，被說成了是入侵香港文化的禍首，在我城內無論是任何層面的簡體字應用，也像被判了「莫須有」的罪名，隨時受人白眼、唾罵甚至攻擊。

現在網絡滲透大了，不同意識形態容易透過網絡聚集群眾，形成不同具一定影響力的力量、甚至霸權。群眾按自己的喜惡加入不同的組織，透過集體行動達到影響社會的效果，從中獲取優越感和成功感，而不得不承認這些快感就是沖淡個人判斷力的元兇。

有時候我也會想，幸好新華書城早已被「貴租」趕離禮頓道，否則它難以倖免地會淪為另一個示威發洩熱點。我著實懷念從前的香港，那片容得下不同人和事、淡然從容的土地，其實它就在不遠的以前存在過。

這個城市仍然活著

茶餐廳內困飛著一隻蜜蜂。

阿姐甲：「呢隻蜜蜂好多日喋喇！」

阿姐乙：「有蜜蜂咪好囉，甜甜蜜蜜，無咁多仇恨。」

吃過早餐，我到了旺角。

旺角街市裏的小窄巷中有一個售賣蔬菜的攤檔子，幾個紅色塑膠燈罩下暗橙紅色的燈光映在灰黃的破牆，成了整個街市中最美的光華。攤販是一位五十來歲的大叔。

我拿起徠卡相機閃閃縮縮的在人群的掩護下拍了幾張。

「係呀，呢個光好靚喋！」大叔說。

大叔的友善令我大感詫異。從來在這個城市架著相機，旁人總會對你報以怪異的目光，露出不歡迎的臉色，除非你是老外遊客。

大叔的善意令我頓時不懂反應。

「你係邊度嚟旅遊呀？」大叔問。

「噢！原來我像內地遊客？」我心想。「嗯……唔係呀……」我靦腆地回了一句。

見大叔沒有對我的鏡頭過敏，於是我放膽地多拍幾張。

「依家附近多咗個景點喎……有無去影呀？」大叔笑著說。

我心領神會，臉帶微笑地繼續邊走邊拍。沿途走過街市的乾、乾濕貨區、新填地街的五金舖、油麻地果欄、再到了電影中心。

走入電影中心旁的Kubrick咖啡店，吃八十多元一個的意粉和喝四十多塊一杯的咖啡的中產生活早已負擔不起，我呼吸著咖啡的空氣，步出Kubrick。其實夏銘記的紫菜四寶麵、炸魚皮和可樂也不錯，雖然埋單也要六十三元（油麻地店已於二〇一七年結業）。

這個我本來已沒甚麼留戀的城市突然又好像還有一點值得眷戀的人和事。茶餐廳內困飛著一隻蜜蜂。我希望蜜蜂不用它的刺，只用它的蜜。我想這是香港人當下的心聲。

老司機

家有急事，梳洗後趕著出門，的士難截，伸手良久終於有車。

跳上了的士，定睛一看，心感不妙。

駕車的是一位年老的伯伯，從他臉上的皺紋和他那老花鏡的款式，我猜他有七十多歲了。

印象中做職業司機沒有年齡限制，年過七十的只要通過驗身便可。我不是歧視年老的司機，只是有好幾次坐上年老司機的車後都發生驚心動魄的事情，加上今次家中有突發事情發生，令我憂上加憂。

說好目的地後，他問我行太子道還是甚麼甚麼，他咕噥著，加上我內心一片亂，其實我根本聽不清楚，我說沒所謂，不塞車便行了。

沿途經過工廠區，不少大貨櫃車在的士旁邊駛過，老司機想轉線，貨櫃車卻不甘示弱，幸好老司機連環響號也來得及剎車，否則……

在高速公路上，老司機踩盡油門在路上馳騁，遇上不順眼的車子他就響號示警，嘴裏嘰哩咕嚕的埋怨著。

我就是在急停、時快時慢、不停的響號和咕嚕聲中熬過了整整二十分鐘的車程，有驚無險。

看著年老的司機，其實是頗心酸的，為甚麼年紀這麼大了，仍得做辛勞的工作？當然我知道有部份長者是因為抵不住生活的苦悶才出來「開工」，但也有很大部份是真的為了生活。

全民退保一說二十年，政府仍奢想舊有的二、三千「生果金」可以養活二〇三九年將達二百四十九萬的老年人口……

望著自己幾個強積金戶口，我不禁輕嘆，今年更辭去全職工作，連供錢給別人蝕的機會也沒有了，幾十年後到我退休之時的光境是我不敢想像的。

退而不休是積極人生，不能退休是社會的悲哀。

但願所有老人家都可安享晚年。

巴士奇想

「我懷疑她從來都沒有坐過巴士。」

下班，要由沙田到九龍塘，鐵路太擠，我選擇了坐巴士。我知道大部份人都會搭鐵路，因此那條路線的巴士一般都不會太擠。車來了，果然車內沒幾個人，心裏喜樂，選了左手邊靠窗的位置，聽著音樂想起往事。

小時候很喜歡搭巴士，最常搭的是5C，每次出尖沙嘴都一定搭它。

由慈雲山到新蒲崗到九龍城，從巴士上層俯瞰在小學課本見過的宋皇臺，看到盲人輔導會、牛棚和煤氣廠，也見過白宮冰室、馬頭圍道上陳陳舊舊的矮樓和殯儀館附近林林總總的棺木、花牌，最後拐個彎便見到科學館、太空館和藝術館，在總站下車，感覺圓滿。

記得坐巴士的時候我總愛問在旁的爸爸媽媽這是甚麼地方、那些又是甚麼云云，如是者我才知道那幾個大大的銀罐原來是煤氣廠（經過的時候我總覺得它們會爆炸！）、那一排排的紅磚小房從前不是垃圾站而是宰豬牛的地方……

雖然我不是沿途的每個地方都有踏足過，但我對這些地方都好像很熟悉似的。

突然，一輛銀灰色的房車在窗外經過，把我從回憶中拉回來。駕車的是一個女人，除她之外就只有一個穿著校服的小女孩在後座翻閱著一本圖書，大概就是媽媽駕車接女兒放學吧！她們之間沒有交流，至少……在我見到她們的數十秒內沒有。

看到她們，第一個湧上我心頭的疑問是：「究竟小女孩有沒有坐過巴士？」

我懷疑她從來都沒有坐過巴士。

當然，我只是瞎猜而已，更何況小女孩有沒有坐過巴士根本與我無干。

不！不！不！

如果小女孩真的沒有坐過巴士，她的童年難免會有缺失和遺憾。

我想我該勸勸那母親不要駕車，要帶女兒去坐巴士了。（如果我再會見到她們的話！）

念亡友

輾轉之下收到你的死訊，從手機看到的是你出殯的日期、時間和地點。

我難以接受，三十還未到，為何這麼快便要你走？

我們曾經是要好的朋友，就在中四那一年認識，大家也是文科生。跟你做朋友的時候，我總覺得你帶點神秘，深藏不露。一個女生，精於電腦，懂設計網頁，連那些年我暗戀的老師都委託你為他設計網頁，究竟你是個怎樣的人呢？

你聽穎得很，堅強倔強，我從沒聽你抱怨過甚麼。我喜歡跟你一起，因為你跟我一樣都是爽朗的人，我愛跟你分享讀書點滴、愛上了誰的誰的傻事，我們也會一起站在走廊呆望校園內的人和物、逛商場、影貼紙相、吃下午茶……

會考過後，你沒有在原校升讀，因為學校沒有你想讀的商科。如是者，我們分別，也逐漸疏遠了。多年來，我只從朋友口中得知你的消息，知道你到了商科學校讀預科，後來又出國了……

大學四年級那年的一個下午，從浸大舊校行到新校的途中，我們重遇。你說你在國外完成了一些學院的課程，但學歷又不被這邊承認，只好先讀副學士，我也草草告知你我的近況，然後就得匆匆話別，趕上課去了。

我一直以為會再有機會在校園內遇上你的……

出殯那天，你的好友在靈堂上細說你的生平，我才知道你這些年來一直很努力為事業奮鬥，從副學士升到了中大，事業剛上軌道了，便要離開，我也終於知道你的成熟和你的堅強是如何磨練出的，眼淚已不禁從我眼眶掉下。

我看著你，你不會再張開眼睛了。

我記得你給我改的別名。

我記得在飯堂裏那杯熱檸水，我們一起聽〈取消資格〉，你跟他一起笑我的傻。

我記得有一次你因為染了頭髮，噴了黑彩才敢回校，碰巧是個下雨天，你沒有帶傘，黑彩的顏色掉到白色的校裙上，把它染得黑黑啡啡，你只好站在走廊無奈地抹乾校裙，我向你遞上紙巾，笑說你是個傻瓜，最後我們打著傘一起到有蓋操場排隊。

我記得，我所有都記得。

我在面書給你的留言你看過了沒有？

我借給你阿濃那本《本班最後一個乖仔》不用還給我了，我知道你會替我好好保管著它。

永念。

南朗山的記憶

很少提及這段經歷，連同八月份的開學準備工作，我待在那裏不夠兩個月。

離開天水圍的中學教職後，我到過一所在南朗山上的特殊學校任教，那是一所只收男生的群育學校。甚麼是群育學校？簡單來說學校取錄的學生在情緒行為及適應方面都有困難，家庭背景較複雜（這只是個很粗略的說法，並不全面）。學校設有宿舍，學生都需要寄宿，有少數學生可以在週末或假期時外出，也有的是可以外出，但也沒有地方可去，會繼續留在宿舍。

那時從天水圍搬家到荃灣，每天從楊屋道的盡頭行到荃灣西站搭地鐵到中環，再轉巴士穿越香港仔隧道到南朗山道熟食市場附近下車，轉乘學校的接駁校巴上南朗山，路途遠，也崎嶇。

學生人數不多，依稀記得不到一百人，有的班只有幾個人，最多也不過十人左右。課室幾近密不透光，因為門窗都給特別的封好，怕學生砸壞，也怕他們從課室逃走。我教的班就只有五、六個學生，在有限的記憶中，好像也沒有真正的教過甚麼，只記得跟他們聊天，說學校去年在短時間內走了三個外籍老師、誰曾經把門砸壞、也說說有關我自己的瑣事……大概對那裏的學生來說，老師的出現是他們存在的重要證明。

學校的風景其實不錯，下層的教員休息室寂靜非常，看到的是深灣和大大小小的遊艇，與課室和禮堂裏的喧鬧對比強烈。

下班時候印象最深刻的，是一位主婦級的語文科主任，對我這位新同事十分好奇，我就像是她在荒島上撿到的排球。有好幾回她刻意跟著我一起坐巴士出中環，在沿途問我好多好多問題，是甚麼問題我記不清楚，總之就是要「查家宅」，礙於禮貌我總是要勉力亂答，簡直是精神折磨。

在南朗山上的時間很短，印象卻很深，大概從那時開始我過了不容易的一年。經歷許多，現在回頭再看，挺想再到南朗山走走。

南朗山的記憶

爸爸

記得初中的時候，有一個星期六的早上，爸爸打電話回家，叫我到樓下拿一些東西上樓。那時候媽媽返半晝工，在街市賣菜，星期六的早上只有我一人在家。接到爸爸來電後，我是千萬個不願意的落樓下，落街好麻煩啊！等了一會，騎著電單車的爸爸來到，汗流浹背的他小心翼翼地把扎在車尾的一個長方紙盒解下來，竟然是一個電腦 LCD 顯示器！也記不起當時我為甚麼那麼渴望擁有一個 LCD 顯示器，爸爸知道了，默默記住了，還要在上班的時候到深水埗買了一個，專程送回家給我。提著紙盒回到家後，我哭了出來，廿多年來，這件事只有我知道，從來不敢告訴別人，是感動、也帶一些愧疚。我不乖，為甚麼爸爸這麼錫我？

再有的記憶是每一個星期日的早上，爸爸不用上班，媽媽要，只有我跟爸爸在家。年紀小一點的時後，大概是小學四、五年級，星期日的早上他會帶我到鳳凰村的粥舖食早餐：碎牛粥、艇仔粥、及第粥、炸兩、牛脷酥、油炸鬼等是甚麼，全都是那時候學會的。

爸爸偶爾也會帶我出深水埗逛鴨寮街。記得那時候出了新的 Game boy Colour，好不容易才得到媽媽首肯讓我買一部，隨後的星期日爸爸帶我出黃金商場，事前媽媽已下了禁令，叫我不可以買「透明色」，但我就偏偏只喜歡 Game boy Colour 的透明版！爸爸當然知我心意，最後我們不理禁令，買了透明的那一款。接下來就是要想想如何應付媽媽！回家後，我跟爸爸拿出臉盆，放了半盆水，把黑色水彩擠入水中拌勻，對下班回來的媽媽說本來我們買了黑色 Game boy Colour 的，但一不小心掉進水中就掉色了。媽媽當然不會信，但這一下就把她的怒火撲熄一大半，剩下的就只有笑聲了。

另一個有印象的片段是爸爸跟我坐在飯桌前，拿出一本簿仔，圖文並茂地認真的教我 ISO、快門、光圈……我當然不怎麼上心，只是一心想玩他那一部

Minolta 菲林相機，到今天我還清楚記得那部相機的模樣。

爸爸肺癌末期的時候，我從北京回來。那時他已住進了佛教醫院，那意味著除了奇蹟出現，住在那裏的病人都是在等死神的到臨。爸爸死前的兩晚，我一個人在病房陪他，那是我長大以後、也是最後一次握著他的手。

有些愛，從不說出口。爸爸寡言，但他對我的愛是如此的深！

我的全家福

壞車

很久沒有看過這樣炯炯有神的眼睛，儘管已是晚上十一時多，小伙子動作乾淨俐落，臉上掛著的笑容讓焦躁不安的我頓時平靜下來。

車子早已出現大大小小的毛病，畢竟已經十多年的車齡，以人作個比喻，這車子早已到遲暮之年，每年「驗身」時找到的毛病已經使人懊惱非常，那些突發的更是殺我們一個措手不及。

車子發動不夠十分鐘，儀錶盤其中一個小燈已經閃爍不停。對駕駛一竅不通的我總是對車子的一切敏感非常——無知總讓人恐慌！

「怎麼了？」

「可能是電池出問題了，冷氣也停了。」

「怎麼辦？」

「找一找附近有沒有換汽車電池的舖頭吧！」

「普通車房不能？」

「未必有。」

好不容易在網上找到附近某街道上有一家汽車電池的專門店，但細看之下網頁最後更新已經是數年前，我們在車子走不動之前，仍抱著一絲希望到那條街碰碰運氣。果然，搜到的那一家早已關門大吉，幸運的是那街道上有幾家車房，其中一家還專門弄電池。師傅三數下功夫已為車子換上新的電池，盛惠兩千。再次發動車子時，小燈仍在閃爍，師傅淡定從容，他告訴我們這些車子的電腦是這樣的了，車子走一段路，電腦適應了，燈就會滅。

本以為可以安心的找個館子吃晚飯去，怎料走不到幾個街口，就在上高速公路的天橋路口，車子突然被電腦自動鎖上了，儀錶盤、方向燈統統熄滅，在毫無防備下，我們就被擱在那個上橋位的拐彎處，連「死火燈」也打不亮。一切也停了，唯獨是公路另一條行車線上，電單車、私家車、小巴、大巴士、重型貨車……一刻都沒有停，不絕地飛馳而過。期間，好幾架車差一點收不住油，其中一架大貨車更是在離我們車子只有幾秒距離的電光火石間才察覺這架壞車，車輪發出的尖叫聲和剎車時輪子燒焦的味道彷彿告訴我們，死神正在擦肩而過。

「怎麼辦？」

「看看能不能找到保險公司的拖車……」

我終於搜到了保險公司的緊急熱線，換來的卻是一把過分悠閒淡定的聲音。壞車，還要在上高速的拐彎處，危險非常，坐在辦公室的他顯然感受不到，我安慰自己他在向我顯示專業的態度，保持冷靜，不要嚇壞客戶。

在回答一大堆標準問題後，他說會聯絡拖車公司，需時大約十五分鐘。不到一會，接到了拖車師傅的電話，我們說明了位置（其實並不好說明，因為我們的車子是壞在沒有路牌的公路口啊！）坐在車內，聽著車子外輪軚廝殺的聲音，我們都焦急非常，種種想法湧入腦海，應該留在車內還是下車靠邊站？拖車師傅好像不太找到我們的位置，他們能找到我們嗎？要不要放一些物件到車尾示意我們壞車？需要報警嗎？……

果然，壞在不知明公路口的車很難讓人找到，我們等了二十多分鐘，到達的竟然是一輛警車，大概是有經過的司機覺得我們的處境太危險，報警了吧。跟警察們説明了情況，他們建議我們先下車站到車後的路肩，因為坐在壞車上被撞到，很容易傷到腰頸（其實我起初有提議下車的，但一如以往，他從來聽不到我的聲音……）。我們下車後，警車和警察沒有離開，一路留在我們的壞車後不遠處，警車發出的強光提示了上公路的車子前面有特別事故，我們總算稍為安全了。時間分秒過去，保險公司的拖車還是不見蹤影，催促了兩次，終於再等了三十分鐘左右，救星到了。

兩位拖車師傅，一位年長、一個年輕，兩個的手勢都熟練非常，不到三分鐘便把壞車縛穩在拖車架上，我們跳上高高的拖車車廂，駕車送我們的是那個看上去二十出頭的小伙子。小伙子問明白了我們要把車送往哪一個車房後，細心的叮囑我們扣好安全帶，言談間他都是面帶微笑、眼睛炯炯有神，一副樂在其中的樣子，短短十多分鐘的車程，小伙子正面的氣場不只緩和了我焦躁的情緒，也喚起了我的好奇：儘管他的職業在別人眼中並不怎麼高尚，日曬雨淋、勞勞碌碌的工作，是甚麼讓他如此投入其中，還散發著讓人羨慕的、溫暖人心的朝氣呢？

去年十一月發生的事情，記憶猶新；車子早已換掉，是壞得不能修補了。不知道下一次再壞車的時候，身旁的會是誰？

突如其來的壞車

療癒心靈的書

給迷惘中年的嶄新開始

近十幾年來，互聯網的普及和滲透把人類的控制欲推到極致，我們認為自己掌控命運、甚至有權力插手別人的生活。

偏偏就在這個時候，我們的脆弱也給一點一點的揪出來。

從911恐襲到福島核事故到高雄氣爆，我們敵不過天災，也阻不了生老病死；由毒奶粉、地溝油到千元尺價的劏房和五百多萬的蚊型豪宅，我們連生活日常也得由別人宰割。

因此，自癒系列（Self-help）書籍近幾年大行其道，佔據大小書店裏不少空間。

從五花八門的必讀法則到二十歲、三十五歲你不得不做的甚麼甚麼到零零碎碎的人生指南……形形色色的自癒書籍筆者都看過不少。儘管花了不少心力去實行書中的心法，那些保證你看了之不再迷失的書始終沒有幫助筆者重整生活。

前幾天筆者發現書店內的自癒系列書架有了微妙的變化，在令人眼花瞭亂的本子中突然出現了一本米白淡啡的小書，松浦彌太郎的《給40歲的嶄新開始》。

四十歲，男的是大叔，女的是大嬸，生活過得不過不失已經是託賴，有一番成就更是要開香檳慶祝了，一個「已成定局」的年紀到底怎樣有新開始？市場上鮮有針對中年讀者的自癒書系，究竟四十歲後「接下來的人生，該怎麼過好呢？」，作者寫在序言的一個問題刺中不少人的要害，的確，許多的恐懼都源於對往後日子的不安感覺。

松浦彌太郎擅於觀察日常生活中細微事物，從外在的剪髮、潔齒、衣飾禮儀到內在的心態、包袱、枷鎖，松蒲透過首三個章節引領讀者重新審視四十歲以前的自己。有別於坊間絕大部份要求讀者摒棄過去的自癒書籍，那些書都要讀者跟從作者的法則、竅門改變一切，重新規劃自己以後的道路，這種自我否定的人生重整是注定失敗的。反觀，松蒲沒有要讀者摒棄過去，而是要把二十多歲剛踏足社會到四十歲時的經歷用年表和分類圖等方法用紙筆逐一疏理，對成就四十歲的

松浦彌太郎的《給 40 歲的嶄新開始》

你那些好的壞的人和事都表達感謝，把握自己現有的能力，記下自己未能做到的事情，然後把「我不做這種事。」、「抱歉，我不知道。」和「人生就是這麼回事啊！我現在這樣就很滿足了。」三種令人固步自封的心態封存起來，當自己就是個「閃閃發亮的一年級新生」迎接七十歲（作者假定了四十歲以後他還想活三十年）。

在松蒲眼中，按自己的格式，不絕的付出和不斷的學習就是四十歲以後仍能耀眼的關鍵。你可能會疑惑，像松蒲一樣事業有成的中年人應該是收成的時候，為何還要付出和學習？整理好四十歲以前的行裝後，松蒲就在餘下的四個章節以自己的經驗為例子供讀者參考，如每一季請後輩到高級餐廳用膳、跟自己心目中七十歲典範的長輩成為朋友、學習中、英、法三國語言等，親身示範如何鋪路踏進更豐盛的人生下半場。

誠如松蒲所言：「顛峰等於終點。七十歲是陳年，不是老年。七十歲才是巔峰，四十歲只是開始。」

閱畢全書，筆者終於明白要重整人生就必須要從誠實面對過去開始。

謹將此書獻給迷惘的中年們。

向真正的家進發

——一行禪師《真正的家：365天每日智慧》與禪繞藝術之修煉

走過一年一點也不容易。

經過一天辛勤工作，忙得焦頭爛額，你最想回到的地方是家；忙完一整個星期，儘管A君B君極力游說：行街、睇戲、食飯、唱K、船P……你還是想靜靜的待在家中休息一天。然而每每回到家中，人仍是得不到半點平靜。

身處現今社會，除非你有隱居山林的勇氣，否則面對每天紛紛亂亂的大是大非就成了生活中的必然。社會中、人與人之間、過去、現在與未來……所有事情都陷入死角，使得我早陣子情緒特別低落，於是走到書店中尋求心慰藉，在書架前跟它相遇了。

「一個腦袋，可以思索一粒微塵，也可以探索整個宇宙；一顆心，隨著萬物心跳的節奏而躍動。」一行禪師說；這封面內小摺頁上的這一句話猶如當頭棒喝。

我的新年的願望是「到家」，也希望身邊更多的人可以到達「真正的家」。「真正的家就在此時此刻，不受時限、空間、國家或種族限制。家，不是一個抽象概念，而是任何時候都可以讓人感受得到，可以安心立命的狀態。正念與專注，佛陀的力量，可以讓人完全放鬆身心，當下就找到真正的家。」

說到這裏，請各位讀者不要誤會，我沒有任何信仰，絕不是想要向大家推薦甚麼宗教思想。只是在謠諑紛傳、風雲變幻的時勢，我確信人需要更全面的內心修養。

一行禪師的《真正的家：365 天每日智慧》是一本滋養心靈的修行手冊，顧名思義，一行禪師給我們作好了一年之中每一天的生活練習，全書共三百六十五篇簡明扼要的方法與心訣，最短的一篇十三字，最長的一篇也只有二百七十字，每一篇都言簡意賅。

我自知沒能耐在未來一年內參透書中所有禪理，卻確信可以從書中找到內心的平靜。現在我開始依據書中一些深刻的話語來應對生活上遇到的挫折，譬如說遇到了眾聲喧鬧的境況，我會提醒自己「寧靜不是不言語、不做事，而是說自己的內心不受打擾」；當我為未知的將來擔憂，我會提醒自己要活好每一個當下，因為「現在包含過去與未來，打造未來的唯一材料就是現在」。

倘若遇到太難明白的禪理，我會轉向另一種方法尋求內心的平靜，那就是畫禪繞了。雖然它的英文 Zentangle 是由 "ZEN"（禪）和 "ENTANGLE"（纏繞）組合而成，但禪繞跟佛學中的禪修沒有直接的關係，它強調「一筆過」、「不用擦膠」、「抽象的」、「具啟發性」和「自由發揮的」，是一種心靈洗禮和沉澱的方式。

大概是因為禪繞要求繪畫者在繪圖時特別專注，因而使得人在繪畫的過程中得著平靜，暫且放下煩惱。縱然網上不乏禪繞作品的範例，卻鮮有繪畫的步驟，對於只懂得畫火柴人的我來說，未免太難開始。於是我到書店中撿來蘇珊·麥尼等著的《心靜禪繞畫：一筆一畫，靜心紓壓》這本容易看懂和步驟清晰的參考。

我特別喜歡書中各禪繞認證教師分享他們如何從日常生活中各種事物得到啟發，

設計不同的禪繞圖案，現在我也開始設計自己的禪繞圖案了。

我誠意向你們推薦以上兩本著作，希望大家都得到內心的平靜，平安到家。

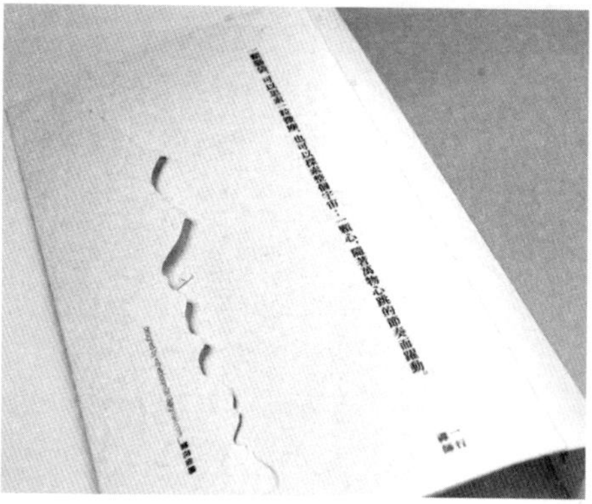

一行禪師《真正的家：365 天每日智慧》書影

永恆的愛：A. A. 米恩、羅賓與小熊維尼

我從不看情情塔塔的愛情小說。現實生活中耳聞目睹的、身歷其境的愛情實況劇早已看膩，還不夠嗎？所以一接到今期《閱刊》的主題後我立即想到的是：「難道今次我真的要停稿了麼？」想了幾天，漸漸跳出「愛情」狹隘的概念，開始從書架上搜索我要介紹的那一本充滿愛的書兒。

自初中起我便戀上了維尼，經歷了瘋狂收藏牠物品的青蔥歲月，再到熱情冷卻繼而進入冷靜期，最後沉澱昇華到現在的默默支持和欣賞，說起來我跟維尼倒像是一段愛了十多年的愛情故事。今次要介紹的 Winnie-the-Pooh（80th Anniversary Edition）是數年前在臺北誠品信義店買的，E. H. 謝培德（E. H. Shepard）的插畫深深的吸引著我，當時我在不假思索的情況下便把它買了回來。

但從來到手之後不懂珍惜是人的劣根性，如是者這書就成了書架上滿佈塵埃的、原封不動的收藏。

像絕大部份人一樣，最先我以為小熊維尼是迪士尼旗下的卡通人物，後來知道牠是被賣掉給迪士尼的，原是作家艾倫·亞歷山大·米恩（A. A. Milne）受兒子的毛絨玩具的啟發而創造出來的一連串人物和故事。我承認自己當時對維尼的愛是極其膚淺的，所以儘管自己明明是有牠的書，卻沒有翻開它的意思。直到接到今期《閱刊》的主題，我想到了愛，也想到了它，是愛驅使我終於翻開這本書。

Winnie-the-Pooh 一書是A. A. 米恩第一本全寫小熊維尼故事的兒童文學作品，故事中的男主角克里斯托夫·羅賓（Christopher Robin）是米恩的兒子，全書分成十個小故事，各個角色漸次在不同章節中亮相（值得一提的是原來跳跳虎要到一九二八年在《小熊維尼的房子》一書中才出現）。羅賓的毛絨玩具小熊維尼、小豬、老灰驢、兔子和袋鼠媽媽等先後被A. A. 米恩化成性格鮮明的人物出現在書中，內容大致是動物們與羅賓在百畝森林（100 Aker Wood）的生活趣事，比如說羅賓幫助笨笨的維尼用汽球升上樹上採蜜糖、維尼和小豬捕捉大臭鼠

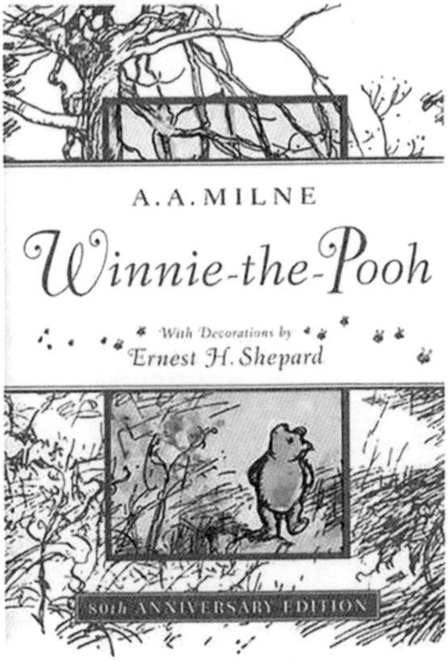

Winnie-the-Pooh（80th Anniversary Edition）

（Woozle）和長鼻怪（Heffalump）、羅賓與維尼和朋友們「遠征北極」和他們營救被困雨水中的小豬等。

若然你以看迪士尼卡通的角度去閱讀《小熊維尼》，你可能會覺得這本書跟那個在迪士尼樂園中的熙熙壤壤的小熊維尼歷險之旅機動遊戲沒兩樣。然而當你拋開那個童話化的形象，便可感受到 Winnie-the-Pooh 故事中不同角色的一舉手一投足都滲透著純真的友誼。譬如說當老灰驢丟失了尾巴，笨拙的小熊維尼會義不容辭地承諾替它尋回（"I, Winnie the Pooh, will find your tail for you."）；當小豬被洪水圍困，牠心中每分每刻都想念著最要好多朋友——維尼（"I wish Pooh were here. It's so much more friendly with two."）；而羅賓和維尼也不只一次的互相表達愛意……（"Oh Bear!" said Christopher Robin. "How I do love you!" "So do I," said Pooh.）。

故事中羅賓與維尼以及其他森林朋友的情誼其實就是現實生活中米恩的兒子對毛絨玩具的那份深厚感情的寫照。有時候大朋友們很難明白孩子對某些玩具的鍾愛，哪怕是一架掉了車輪的玩具車或者是一個脫了毛線的洋娃娃，在小朋友眼中都是不能褻瀆的珍寶。米恩不但了解家中那些破舊的毛絨玩具對兒子來說有多重要，還細緻地把它們寫成故事，讓兒子融入其中。而在故事中羅賓被父親描繪成一個勇敢、機智、和藹的小孩，就是米恩對兒子期望的投射，也是父親含蓄地表達對兒子的愛。

整本書不是一個單純的、第三身形式的故事作品，而是現實和故事之間的交互作用，讀此書的時候你就好像是坐在暖暖的火爐旁邊，一起聽著爸爸給兒子說故事一樣，而天真爛漫的兒子又不時因應故事的情節而發問：

“And what did happen?” asked Christopher Robin.

“When?”

“Next morning.”

“I don’t know.” Could you think, and tell me and Pooh sometime?”

"If you wanted it very much."

"Pooh does," said Christopher Robin.

He gave a deep sigh, picked his bear up by the leg and walked off to the door, trailing Winnie-the-Pooh behind him.

這麼有愛的一本書，你怎能錯過？

《饗宴》的愛情啟示

自小從媒體認識不少希臘神話人物：美少女戰士中 Sailor Venus 是愛神維納斯的化身；潘朵拉盒子是萬惡的根源；那個頭上長滿毒蛇的女人可以把人變成石頭……了解不深，卻又因這些依稀的影像令我牢牢記住。

印象中的希臘神話都充滿傳奇，就像愛情般遙不可及、撲朔迷離。我雖不看愛情小說，但卻從不掩飾自己對浪漫的渴望與幻想，富異國情調的希臘神話正好填補我心靈的這道缺口。

於我來說，愛情是世上最奇異的事情，及後親身經歷，更覺它不可思議：兩個素未謀面的陌路人何以能夠互相接通，經歷錯綜複雜，最終成為彼此生命中最親密、最重要的一切？大學時讀到柏拉圖的〈饗宴〉，解答了這個纏擾多年的少女疑問。

柏拉圖的〈饗宴〉（Symposium，也譯作〈愛論〉／〈倫理篇〉／〈會飲篇〉等）寫於公元前三八〇年左右，是一個短小精悍的對話式篇章。晚飯後飲酒筵席是當時雅典城邦生活的重要部份，尤其是對男性貴族，在該場合他們會就著某些議題高談闊論，希望自己的見解突圍而出，從而建立社會地位。在柏拉圖的文字鋪排下，這場〈饗宴〉是依靠口耳相傳才得以流傳下來，當中眾人輪流提出對「愛」（Eros）的觀念和主張，層次由低至高推進，最後飲宴由蘇格拉底引用狄奧提馬（Diotima）的論述作結，把眾人的説法去蕪存菁，説明愛不單是對美好事物的追求，更是渴望美好的事物能夠永垂不朽。

坊間解讀〈饗宴〉的著作不勝枚舉，我無須在此「拋書包」獻醜。相比起篇中的哲學討論，當中被引用的多個愛情神話更令我著迷。其中第四位演説者阿里斯托芬（Aristophanes）提及最初人類有三種分類：男、女和兩者一體（……man, woman and the union of the two），他們呈球狀，有四手四腿，一個頭和兩張臉……還有四隻耳朵，一對生殖器……他們可以任意行走，要快的時候，他們就像車輪一樣向前翻滾，力量強大……但狂妄的人類膽敢挑戰諸神，宙斯最後把人割開一半，削弱他們的力量，從此他們便要到處奔走，尋覓失落的另一半。

這個神話深深刻在我的腦海裏，那少女的疑問自此有了答案。然而，只流於個人層面去閱讀此等經典著作未免膚淺。最近再讀〈饗宴〉，我就有了新的思索。

公元前的雅典城邦，不論是同性戀還是異性戀也是自然的事，因此當時參與飲宴的角色並不是拘泥於從性別的層次去討論愛情，而是往更高的層次去探討怎樣的「愛」對人的靈魂、智慧和德性更有脾益。其次是篇章中所營造出來的討論氛圍、各人平等而不受干預地自由發言、對不同的愛的理解和接納等都令我既驚訝又羨慕。

早在數千年前的古希臘，尊重與包容已是人們生活的共識（雖然當時男女地位仍不平等，這涉及另一議題，在此未能詳述），何以隨時代推進，尊重與包容在廿一世紀的社會都只淪為文革

柏拉圖雕像

阿里斯托芬（Aristophanes）提及兩者一體的人類

式的口號？究竟何時我們的生活都被「道德塔利班」、「網民起底黨」和「極端分子」佔據？

一本好書可以是迷路時的明燈，也可以是啟發思考的鑰匙；能夠同時兼具兩者的就如珍羞異饌，令人再三回味。〈饗宴〉正是這樣的一部著作。

跨越人生

——看狄娜與夏蕙

「一個好的故事，會以不同形式流傳於世……」《閱刊》編輯部向説書人拋下這個題解。我努力思索哪本書有此威力，能用文字帶讀者跨越媒體，終於讓我想到她們。

文字的力量非淺，它可以引領讀者進入無止境的想像，加上兩個極富傳奇的生命，可塑性更高。

狄娜，原名梁幗馨，生於一九四五年，是活躍於上世紀六、七十年代的電影演員，因作大膽性感的演出而為人熟悉，因病卒於二〇一〇年三月三十一日，得年六十五歲。《電影——我的荒謬》是她於病榻上寫成的遺作；黃夏蕙，原名黃蕙蓮，生於一九三三年，戰後早年曾在粵劇團及粵語電影演出，息影後於九十年代初再涉足香港娛樂圈，活躍至今，現年九十歲。二〇一四年她大病以後決定撰寫《夏蕙回憶錄》，回顧一生。

讀她們的自傳就猶如穿越時空：讀狄娜時我先浮現她在六十年代那個落伍的泰國拍戲、登臺和駕著「大膽車」左碰右撞的情景，鏡頭一閃就轉到七十年代歌舞昇平的香港，在電影的大膽演出而得「肉彈」惡名的她毫不介懷，更積極於電視銀幕演出，因為她要「面對觀眾，讓他們了解真正的我。」；而讀黃夏蕙時我隱約見到一個徘徊於五、六十年代香港的中上流社會的少婦，除了影圈，還經常出入山頂、淺水灣酒店、麗池夜總會、馬場等地方，淡出以後又在九十年代以新聞人物的姿態出現，最近幾年更來到網絡，繼續演藝旅程。兩本著作帶我穿梭半個世紀的歷史時空，遊走影圈、歌壇、電視銀幕和網上世界。

女生總離不開愛情，身處五光十色的影圈經歷更是多姿多采。同讀兩本著作，讓我經歷多段不平凡的愛情故事。

狄娜的自傳以她拍電影的經歷作經，愛情體驗作緯，串連成她筆下虛偽的半生。

她追求者眾，從當年泰國總理 Sarit Tanarajata 的弟弟湯頓為追求她而在泰國開拍電影讓她當女主角，到她結婚誕下女兒，離婚後又繼續演出，她在書中憶述不下六、七段像霧似花的愛情。雖然她自知是個萬人迷，字裏行間不經意的流露出她對男人和愛情的高傲，然而我想她更希望借文字道出的是自己一生對愛情的渴望，誠如她說「愛情——在中國只是個未曾上演又不斷塗改的劇本」，她在書中只用上數句提及曾經擁有的婚姻，也許最真實發生過的就只能唏噓，不能言喻。

如果說狄娜的愛情是一朵又一朵沒結果的花，那末佔全書一半以上篇幅的、有關黃夏蕙與胡百全的感情就是糾結的藤蔓。當年十八歲的夏蕙在片場邂逅比她年長二十三歲的已婚名門律師胡百全，開展了一段「像蜜蜂跟花粉一樣簡樸」的愛情，只是以第三者姿態出現的她怎也沒想到這會變成她終身遺憾的苦戀。沒有名分，她仍為胡誕下了兩女四子，周旋於胡的正室和他另一位紅顏之間，她默然面對，筆墨之間她就像隻處處迴避退讓的棉羊。年逾古稀，她對愛情的追求未滅，她跟退休車手潘炳烈的感情又是另一個細水長流的故事。

狄娜和黃夏蕙都是娛樂圈中人，就算不是成長於她們那個年代，對她們的流言蜚語總會聽過一點，兩位的自傳或多或少記下了她們對謠傳的感慨與澄清，如狄娜拍《大軍閥》的全裸內情、黃夏蕙上頭炷香的緣由和她整容的傳聞等。但我想更值得讀者去細味的是她們對人生的體會：狄娜花了半生看清了商業電影和愛情的虛偽與荒謬，埋下她左傾的伏線，書中句句帶刺；黃夏蕙則一生離不開感情，文筆秀麗的她用文字表明心跡，誠如她說：「這本書算是一個句號，畢竟某些懷念只能夠放在心裏，而回憶就任它留在夢中。」經年累月的冷嘲熱諷讓她明白人生更要及時行樂。

她們的文字不但帶我跨越媒體，更讓我漫步了她們的人生，參悟了不少人生的道理。

狄娜《電影——我的荒謬》書影

黃夏蕙《夏蕙回憶錄》書影

父母生性，孩子倍添幸福

不要問，只要答：

一、你從窗口看到趕回家的孩子撞到路上的婦人卻繼續直走，你會如何？

二、你要到特殊兒童學校走一趟，幫鄰家的孩子求一個學位，你不得已要帶上自己的孩子，你會帶他一起跟你入內（孩子可能會見到一些特殊學童），還是命他在學校大堂等候？為甚麼？

三、孩子在校被好友不小心絆倒弄髒課本，孩子報復推撞對方一下，本想進一步拿間尺拍打對方，最後好友主動講和，孩子回家後告訴你來龍去脈，你會如何反應？

一八八六年，轟動整個意大利的《愛的教育》出版，旋即成為當時學生的必讀書。此書被編入兒童文學及教育類別，經歷百年不朽，無可置疑地是經典之作，至今仍有不少國家以此書的內容作為學生公民教育的教材。還記得那個叫敍利亞的男孩，中學時我已在中文教科書中讀過他的故事——〈少年筆耕〉，其中一篇收錄在《愛的教育》的文章；讀教育文憑時我把這本教師指定讀物看了一遍；物換星移，如今我再讀此書，就覺得它應該同時納入家庭教育一類，成為父母的必讀秘笈。

這些年坊間湧現不少親子教育書籍，作者由專家到身經百戰的父母也有，但就不怎見到現在的孩子好了多少，原因當然不只一個，但父母實是責無旁貸。說這句不但開罪不少家教書籍的作者，也有踐踏父母辛勤賺錢培育孩子之嫌，在此先表明我無意也不敢冒犯，只是看書時有感而發。

沒有虎媽尖子育成法則、沒有選校面試攻略、沒有親子關係速成法、更沒有糾正子女偏差行為的妙方，《愛的教育》只是一本作者以意大利市立小學三年級生安利柯的虛構身分寫成的日記，也有安利柯父母親筆所寫給兒子的文章和學校命學生抄寫的〈每月例話〉（大抵是一些愛國和公民教育故事）。那末……此書價值何在？

《愛的教育》意大利原書名為"Cuore"，是「心」的意思，其核心是要孩子從心出發學會感恩，其實更深度的意義是要父母明白抱持「嚴以律己，寬以待人」的態度去身教孩子比一切重要。「身教」不是新鮮事，卻時常被錯誤演繹為「親身教授」的意思：孩子邊吃飯邊玩手機，父親制止，向孩子說明這行為不禮貌，也會影響眼睛云云，自己卻照樣手機送飯；孩子在校與同學因小事爭吵，母親苦口婆心教導孩子要寬恕別人，卻因在街上被人不小心踩到一腳而追罵別人九條街。

我雖非家教專家，也沒兒女，但以往的教學工作卻讓我見盡天下父母。每當孩子出現問題父母求助的時候，教師能給予的只是一些治標的方法，但問題的根本往往在父母的教導上，畢竟父母是孩子的第一個學習對象，日後兒女離開校園，父母的教導責任仍要繼續下去。

《愛的教育》不只是一童書，更是引導父母反思自身角色的指南，不信的話請閱〈街路〉、〈畸形兒〉及〈爭鬧〉三篇再思考自己對此文開首三個情境題的回應，我敢保證如果父母能讀懂此書一百篇的真意並貫徹於教養孩子上，比讀上幾十本家教書籍、上不同工作坊或逼孩子參與甚麼訓練湊效千倍萬倍。

愛的教育
亞米契斯著 夏丏尊譯

出版兼發行者：
中流出版社
香港歌賦街十七號
印刷者：嶺南印刷公司
香港西環西安里十三號

一九五八年五月版 定價港幣二元五角
版權所有，不准翻印

一九五八年版，夏丏尊翻譯版本：《愛的教育》

東瀛7仔哲學

你所不知道的日本7-11：

一、你可以在店內品嚐一個現場製作的料理級關東煮；

二、或者吃經過一年零八個月改良的「正宗炒飯」；

三、影印、交稅、買紅酒、辦理銀行業務；

四、不方便出門更可享用7仔專設的「送餐」、「送貨」服務。

在這個全民創業的年代，拒絕淪為打工奴隸的人比比皆是。云云眾多行業中又以零售業最受創業大軍歡迎，每年香港各區都有數以百計的零售店舖開張，然而能夠抵抗社會洪流而長做長有的卻是少之又少。《零售的哲學：7-11便利店創始人自述》是一本十二萬字的零售寶典，既是被喻為日本「新經營之神」鈴木敏文在零售業界打滾四十年的經驗精髓，亦是 7-11 在日本發跡的自傳，或許各位創業大軍能從這位大師身上學到一招半式。

跟市面上教人創業賺錢的雞湯式即食筆記不同，鈴木要讀者用心細嚼自己的獨門零售心法。偶然從出版界轉職零售業，他用四十年實戰經驗教你反轉恆常的管理法則，教你經營理應「朝令夕改」，行事絕對要「力排眾議」。

鈴木對顧客精闢的分析和對貨品嚴格的要求是他歷久不衰的致勝之道。當日本經濟不景，老闆們都在怨天尤人、絞盡腦汁以「促銷」、「割引」、「節省成本」等方法去吸客時，鈴木偏偏要使出逆行的智慧，一語道破一眾零售業管理層「以為自己十分了解顧客」的盲點，掌握顧客一切以質素至上的要求，別的便利店推出大件夾抵食的廉價飯團時，他卻堅持推出用精美和紙包裝、貴人一大截的精品飯團，結果成為銷售冠軍。

最終，鈴木成功令便利店的業績比母公司伊藤洋華堂旗下的西武、崇光兩大百貨公司還要優勝；一九九〇年，7-11 創始公司美國南方公司面臨財困，向鈴木提出接管的請求，最後鈴木更於二〇〇五年完全收購美國 7-11 的股權。

鈴木的零售心法當然不只這些，有決心長線經營自己零售業務的老闆或管理層絕對值得鑽研一下他的獨門哲學。

7-Eleven便利店创始人自述
零售的哲学
[日] 铃木敏文 著（7-Eleven创始人）
ELEVEn
无论卖什么都能大卖的零售哲学
零售就是心理战！

《零售的哲學：7-11 便利店創始人自述》

從回溯前世到無懼死亡

瀕死時你見到一束白光，不久一把聲音向你傳遞一些重要信息……你相信輪迴轉世嗎？透過催眠能找回前世記憶，你想試試嗎？如果問這些問題的是羅蘭姐，你會以為自己在看鬼故節目。倘若這是美國耶魯大學醫學博士、曾任職耶魯等著名高級學府的精神科主診醫生所提出的邀請，你又覺得怎樣？

歷經八年沉澱，作者布萊恩·魏斯（Brian L. Weiss）以初次進行「前世回溯療法」（past-life therapy）的經驗為藍本，於一九八八年推出第一部探討前世今生的作品——Many Lives, Many Masters: The True Story of a Prominent Psychiatrist, His Young Patient, and the Past-Life Therapy That Changed Both Their Lives。著作記錄作者以催眠治療身患嚴重焦慮症的病人凱瑟琳（Catherine）的過程、兩人的

生命以及周遭人和事的微妙變化。

凱瑟琳在被催眠的狀態下把段段零碎的「前世記憶」（past-life memories）以及她轉世間（in-between state）遇到不同「大師」（Masters）的經歷娓娓道來，「大師」們更透過凱瑟琳作媒介向作者傳遞種種諸如人死後靈魂不滅、轉世償債、不同主宰存在以協助我們在死後提昇靈魂等靈性知識。

心水清的讀者看書名便可知道全書重點不在以數據、實驗等科學分析論證前世是否客觀存在；但顧慮到傳統精神科醫生的專業形象，作者沒有鼓吹怪力亂神，而是透過替凱瑟琳進行催眠治療時意外獲得的「前世記憶」以及其康復過程逐步推演，為「前世回溯療法」塑造一系列具說服力的、確切存在的証據，說明生命是無盡的，人死後靈魂會轉附到另一個身體，繼續經歷生命旅程，學習未完的知識。

凱瑟琳的前世記憶故然如懸疑電影般極具張力（例如她疼錫的姪女是她前世的女兒、又能透過轉世時獲得的信息知道作者一些鮮為人知的個人經歷等），其實在引人入勝的背後存在著一個意義深重的信息——接受「前世記憶」的存在如何減低我們對死亡的恐懼及在思考生存意義的命題上發揮積極的作用；而在其中一個章節，作者更具體說明如何運用凱瑟琳的經歷協助自己岳母安然過度死亡。

雖然書中沒有涉及幾個主要宗教的論述，但字裏行間卻不乏印度教和佛教的輪迴轉世、業報、因緣、以及帶有濃厚基督教色彩的主宰等觀念的影子；可幸作者以第一身經歷說明本來抽離的形而上觀念，加上精神病學、催眠治療等專業知識，令文字讀起來免卻了不少迷信的色彩，令讀者容易受落。作者至今已藉「前世回溯療法」為數千人追尋前世記憶，治癒各種精神異常，亦出版多本相關著作，一一回應質疑其觀點的聲音，詳情可瀏覽其官方網頁。

每當各種天災人禍提醒我們生命無常的時候，內心自然浮現對死亡的恐懼。無疑「前世是否存在」是一個甚具吸引力的議題，此書更是研究相關議題的入門必讀；但作者希望讀者關注的終究是死亡與恐懼的迷思。

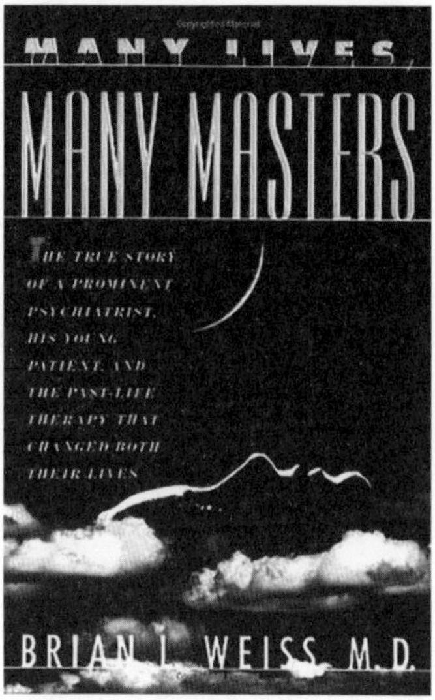

Many Lives, Many Masters

你所不知道的睿智

——看瘋子的世界

試定義「正常人」及具體舉例說明之。

據中國精神衛生政策研究資源中心的資料顯示，目前中國登記在冊患有重性精神疾病的就有四百三十萬人。《瘋子的世界》內地版原書名為《天才在左，瘋子在右》，在此先說明「瘋子」一詞不含歧視之意，只是作者相對普羅大眾約定俗成的「正常人」視角出發所選的用詞。本書作者高銘既不是精神病學專家，也不是心理醫生，只是內地某公司的項目總監，因此書中沒有專業的分析，甚至連完整的結論也欠奉。那末為何此書仍值得推薦？

憑藉對世界的好奇，高銘用盡各種人脈和渠道，花了四年工餘時間走訪內地的精神病院和公安部等地，結合成四十個短篇，切切實實不帶半點矯情去憐憫、不用冰冷的科學和醫學去剖析、更不帶奇異的眼光記錄他訪談過的三十六位「非常態人群」的過程（當中一些是往院的精神病患者，其餘的都是作者經朋友轉介的個案）。

一個整天蹲在花園看花草石頭的教師丟掉工作，在家人、朋友都斷定她失常的時候，作者發現她找到了生命的另一些形式；一個整天窩在家中的雙失少年，在牆上畫滿惡魔，強行在女友後背刺上五芒星，父母絕望地把他送到精神病院，似乎只有作者明白他甘願成為撒旦是為了證明光明的存在；那個強迫症患者，整天都在洗手是因為他發現了細菌文明對人類的威脅；一個為了追尋異能的人，深入研究顱骨穿孔的文獻，最後真的進行了這個手術……

作者高銘沒有刻意為訪談過的「非常態人群」營造特定形象，反而在樸實的文字間不經意地流露出他們充滿智慧的思緒。也許就如其中一個被訪者所說「原來所謂正常的概念，都是你們這些瘋子加給我的，而我原來是正常的，被你們的那些藉口搞得不正常了……我決定留在真實的這面，不再跟你們這些瘋瘋癲癲的人起哄了。」

在現今高度文明、科技發達、資訊極為流通的社會，我們沒有因為知道得更多而變得豁達，反而更懂得運用形形色色的資訊去為自己的觀點辯解，排他性愈見嚴重。其實你看不到的，不代表沒有；你不了解的，並不代表異常。

高銘《瘋子的世界》書影

最後的抉擇

衰老和患病——兩個生而為人無法逃避的命運。

《天堂計劃——陪父親走向安樂死的一段路》是一個荒唐卻又真實的故事：

八十九歲的安卓·貝爾南，一個活躍於電影院、開幕式、音樂會、餐館和不同旅程中的老人，一個已婚並育有兩名女兒的同性戀者，艾曼紐·貝爾南是他的大女兒。

多年前，他熬過了三重心臟繞道手術及其後的併發症、去年他戰勝了膝蓋開刀的後遺繼續旅遊，但這一次急性中風卻把他完全擊倒，剝奪一切他所嚮往的社交生活，令一向充滿自信、獨立自主的安卓在病榻上請求女兒為他做一個了結。

在絕望使然下，做父親的竟然自私得把女兒置於犯罪的風險中，因為我們都知道除了在荷蘭、比利時、盧森堡、瑞士和美國某些州分之外，任何形式的安樂死都違法，而在法國，「見危不助罪」足以令作者身陷囹圄；做女兒的竟又受瑞士一個安樂死協會網頁上的那個小小的德文“Selbstbestimmung”（自決）所感召，認真地冒險安排一切，送父親走上絕路。這一切看在不少局外人的眼裏，只會落得「不知所謂」、「不孝」、「離經叛道」等評價，但在艾曼紐心中這個卻是她最後能為父親做的、令他感到欣慰的事情。

面對生、老、病、死，我們總被教導以正面得虛偽的樂觀心態去面對，企圖自我催眠，以為不承認痛苦的存在，自己和身邊的人就會幸福快樂。《天》一書沒有討論安樂死合法性的陳腔濫調；作者要藉此書讓讀者思考的是對病者尊重的問題。由父親表達希望了結生命到他在瑞士服藥去世以後，艾曼紐從沒有否定父親因患病而生的痛苦，更以行動証明了她對父親的尊重。

如果說此書就是艾曼紐和她妹妹的罪証，那末閱讀此書時的確難免會有一種淪為共犯的罪疚感，特別是當她們兩姊妹被警察問話期間。在華人社會中，書中描述的每一個部署幾乎都是個難以想像的禁忌；然而往往就是這些近乎無稽的真實存在才能警醒營營役役、生活早已充滿鈍感的都市人，促使他們反思些甚麼。

也許安樂死不是對每一個承受無比痛楚的病者最佳的選擇，但承認疾病令病者肉體和精神上受苦，卻是比一切鼓勵和安慰的說話都來得重要，尊重才是對病者最具力量的支持。

天堂計劃
陪父親走向安樂死的一段路
TOUT S'EST BIEN PASSÉ
決定把你送往天堂
是我能為你做的最後一件事
榮獲2014年法國「ELLE雜誌女性讀者大獎」
法國真人真事！
本年度最讓人
熱淚盈眶的作品！

《天堂計劃——陪父親走向安樂死的一段路》書影

最好的告別
——好好活到終點的必修課

曾幾何時我以為善終服務只是死前的心理輔導，社工為瀕死病人打點好殮葬事宜；曾幾何時我聽說大部份絕症患者是被嚇死而不是病死；又曾幾何時我告訴至親死後我想海葬，以為這便算是安排好身後事。可是讀畢此書，我不禁吒異自己對衰老與死亡之認識是如此淺薄。

一九四五年以前，醫生上門為病患治療，早逝甚或是死在家中都是普遍不過的事；二次大戰催化現代醫學誕生，大量疫苗被研發和手術的進步使醫院成為希望、痊癒的福地。時至今日，我們膜拜醫學，醫生成了神聖不可侵犯的權威，病患的唯一救贖，這令現代醫學自大起來，把衰老和死亡視為需要奮力抗擊的敵人。然而當醫者以衰老這個不可逆轉的自然法則為敵時，往往都輸得一敗塗地，因此在美國，97% 的醫科生都不會選修老年病學——一門注定讓他們挫敗的學科。

本書前半部份集中討論有關衰老的迷思：社會彷彿假定了老人一旦失去身體的獨立性，便必然失去或不再需要生活的價值和自由，只要如小孩般被照顧和監管。醫生把自己束手無策的老病者送到養老院，掩飾醫學對衰老的無能為力。從傳統的養老機構到新式的養老社區，由親人的經歷到病人的故事，作者葛文德醫生（Atul Gawande）透過探視美國不同養老機構的運作模式，揭示它們的偽善，包括以「安全」為名限制老人的活動：曾跌倒的老人要強制使用助步車或輪椅；患糖尿病的老人要偷吃甜食，還要受教訓；早、午、晚三餐定時進食、從前四出參與義工服務的老人在院內被迫玩他們不感興趣的集體遊戲……當中絕少人關注老人的真正需要。養老院成為監獄，犯人們就是那些僅僅因為衰老而被剝奪生活自主權的老人。

從揭示醫學以及大眾應對衰老的盲點，葛文德醫生進而在本書的後半部份探討絕症患者在延緩死亡與維持生活尊嚴之間的角力。在面對無法治癒的絕症時，雖然40%的腫瘤科醫生承認他們給病人的治療可能無效，但在「顧客永遠是對的」的趨勢和擊退死亡的使命驅使下，醫生甚至家屬都傾向認為瀕死者願意犧牲一切延緩死亡。在作者接觸的絕症患者中，不少就是直到臨終前一刻仍在接受化療和手術，最後在加護病房中滿身插著喉管、昏昏沉沉地死去。

事實上大多數瀕死者並不希望以痛苦的治療和惡劣的生活質素來換取多活幾個月的時光，他們的願望其實只是吃一口巧克力雪糕、看電視足球直播或是多見家人幾面，有尊嚴地在家中安詳而逝。就在治療與絕症交織成死結的時候，作者透過不同病者的經歷向讀者說明在積極與放棄治療之間，善終服務為甚麼是更適合的選擇。如同應對衰老時醫者所採取的態度，瀕死病人往往處於被動位置，他們放棄生命的控制權，任由藥物放縱地蠶食自己的生命；然而善終服務卻讓病者維持生活意義，按照自己的主張結束自己的故事，這不僅對死者重要，對留下的家人更是一種珍貴的慰藉。

接受人的必死、清楚了解醫學的局限不單是醫護人員的功課，也是每一位希望好好活到終點的人的必修課。從病人的故事寫到自己父親生病、亡故的經歷，葛文德醫生站在醫者的光環下謙卑地向讀者展示醫學主觀、自大、對老弱病患缺乏尊重的盲點。寫到這裏，我不禁想到本港的安老及醫療政策，也許我們的社會從不缺乏資源，缺乏的只是對老病者的關懷和尊重。

讓閱讀成為救贖

——讀《童年的消逝》

最喜歡那些能舊文新讀的書，就像《童年的消逝》（The Disappearance of Childhood），儘管原作初版面世已是三十四年前，現在每一頁讀起來卻是熟悉得令我毛骨聳然。作為世界著名媒體文化研究者，作者波茲曼（Neil Postman）傾盡一生批評傳播科技與媒體的高度發展，向大眾預示了當時新媒體發展對社會影響，讓今天的我們能夠鑒古推今。

《童》前半部份著墨説明發明於十五世紀的活字印刷術如何造就出一個全新的符號世界，令知識不再如中世紀時單憑口耳相傳，未成年人只有透過學校建立羞恥觀、讀書識字、訓練邏輯思維等才能從書本中獲得成人世界的入場券，「童年」的概念由此而生。

一八五〇至一九五〇年是被波茲曼視為美國傳播媒介急遽發展的時期，相機、留聲機、收音機和電視相繼出現，完全脫離了人類以往透過印刷、排版、書本及閱讀中細思慢考的思維體驗，將人們帶入一個前所未有、瞬間性的世界。作者在後半部份力陳為禍最烈的電視如何荼毒觀眾、尤其是兒童的腦袋：講求快速多變的電視節目為保持新鮮感，不惜以各種兒童的禁忌如性、暴力等滲入節目，以二十四小時不停播放之勢攻克了美國家庭，兒童因而無可避免地觸及以往只有成年後才被允許知道的事情，從而引出全書的主旨——電視摧毀成人與兒童之間的界線，「童年」勢將消失。

藉著《童》一書，波茲曼對童年行將消失發出預警，亦同時引用當時流行的電視節目為例，告誡大眾過分相信、依賴以至膜拜圖像訊息的毀滅性結果。書中作者以某天的電視新聞為例，記錄各項事件被報導時間之短促，記錄不同畫面之間的轉換，從戰爭轉到體育再到暴亂到娛樂，各項支離破碎的事件被收入看似完整的新聞節目中，觀眾接收到數量豐富的資訊，卻在不自覺間被這種完全不鼓勵

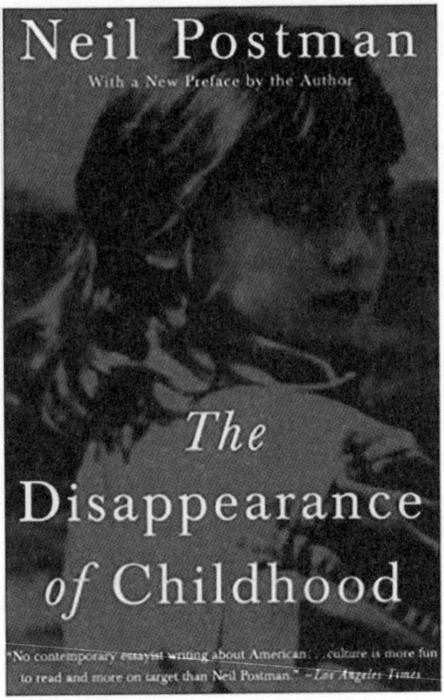

The Disappearance of Childhood

思考、只顧當下，不重視歷史及將來的模式催眠，墮入喪失思考能力的境地。

時至今日，愈來愈多父母以將年幼子女塑造成微型成人為樂、也不乏以幼稚化為傲的成人（如 Kidult 現象），也許電視的影響力早已殆盡，也許不再有人關心童年仍否存在，但波茲曼在書中對新媒體批判的聲音卻愈見清脆響亮。如果說電視種下人類喪失思考能力的禍端，現今盛行的各類型互聯網社交媒體更是滅絕人類思考原動力的兇手：如鬼魅般滲透大眾生活每一個角落的網絡媒體務求以最精彩、最滑稽、最簡化、最具挑釁性的畫面、設計對白和說明文字秒速地煽動大眾，成功地馴服出一群自以為手握豐富資源、無事不曉的網民。

那末只重圖像傳訊的新媒體對人類社會的破壞可被逆轉嗎？其實波茲曼早在

書的開端埋下伏線——閱讀是我們唯一的救贖；也許網絡世界缺乏思考的弊端也能從中找到出路。

我不敢說閱讀能醫百病，但具質素的閱讀確能給我們靜觀自省的機會，願好書與各位讀者常在。

如果你也會說故事……

這是一個人人也想創業的年代；這也是個人人也有能力當老闆的年代。

情況看似樂觀，現實是每年能在千百萬新品牌中突圍的寥寥可數。

廣告泛濫早已令消費者對重複而機械式的廣告麻木。在互聯網極度發達的年頭，我們需要的是打動人心、令我們心生好奇的故事，簡言之，能誘使消費者自主點擊繼而轉發廣傳成了產品銷售的宣傳大勢。

早陣子為發展網上業務而惆悵，四處找尋相關書籍，希望覓得一點頭緒。也許《賣故事》一書沒提出精闢獨到、前所未見的偉論，但它肯定是電商入門必備的銷售策略說明。書中集結及分析不同中、外品牌如何藉著「講故事」由寂寂無聞到一鳴驚人的案例，循序漸進教你建立品牌故事之道，其中針對內地市場的例子更叫人嘖嘖稱奇。

「你只聞到我的香水，卻沒看到我的汗水。你否定我的現在，我決定我的未來。你嘲笑我一無所有，我可憐你總是等待。夢想是注定孤獨的旅行……」——二〇一〇年陳歐於國內創立化妝品特賣商城「聚美優品」，代言自己公司時就用了以上的廣告對白。沒有港式廣告慣用的、拾人牙慧的戲謔式二次創作，沒有一擲千金請上大明星代言，卻擊中了網絡世代追尋夢想的心結，成功撼動人心。「聚美」已在紐約證交所掛牌上市，市值超過三十五億美元，創辦人陳歐今年才三十三歲。

得名「勵志橙」的「褚橙」，在國內要排隊登記等中簽才可買到，每年利益超過三千萬人民幣。由農民到國產煙王紅塔山牌董事長到打貪時入獄，七十歲第二次創業種植甜橙，歷經十年種田的磨練，八十五歲時「褚橙」紅透網絡，當中賣的正是褚時健不屈不朽的勵志故事。

或許我們對內地仍抱諸多懷疑，但不得不承認內地網售市場的發展和配套以及滲透力之龐大已遠超香港、亞洲各地甚至美國。如果你仍被港式傳媒那種「一面倒」式的報道渲染左右自己對內地的見解而蔑視中國市場發展潛力的話，你更要看看這本書。

賣溫情、賣愛情、賣公益、賣「騎呢」……總之《賣故事》中總有一個值得你借鏡的案例。

挖掘并打造最值钱的故事，让你的事业伟大而完美！
SELL the STORY
卖故事
会卖故事的企业，能够领先十年
会卖故事的人，可以少奋斗十年
高朋／著
哈佛商学院最受推崇的营销课程

《賣故事》書影

你從不知道的戒煙真相

首先，我必須承認所有吸煙者都是意志堅定、滿懷自信的人。他們絞盡腦汁、傾盡全力的維護自身的吸煙權，從現時的社會環境看來他們是成功的，至少香煙仍然在市面上流通，只要一餐快餐的價錢（五十多元港幣），煙民便可以得到無盡享受。然而以下這本書可能動搖甚至顛覆你的吸煙信仰，你又敢看乎？

誰有資格教人戒煙？戒煙貼生產商？控煙辦？胸肺科醫生？還是那個提供戒煙輔導卻因工作壓力太大而偷偷躲到後巷抽煙的輔導員？如果你已經聽厭了「吸煙足以致命」的陳腔濫調，那麼你該看亞倫．卡爾（Allen Carr）的 Easy Way to Stop Smoking（繁體版譯作《1000 萬人都說有效的輕鬆戒菸法》）。

有三十三年煙齡、日抽百枝煙的亞倫．卡爾原是會計師，他試盡一切方法，直到親身悟出「輕鬆戒煙法」於一九八三年成功戒煙。一九八五年他把有關戒煙的真相寫成上述著作，先後在三十八個國家開設輕鬆戒煙診所，至〇六年去世前一直致力助人戒煙。

卡爾採取先破後立的方法，先向讀者揭露坊間所有戒煙方法，包括尼古丁替代法（如戒煙貼、尼古丁口香糖）、自信療法（要求戒煙者立志堅定戒煙）、心理輔導、藥物控制等的真面目，讓大家知道其實不吸煙一小時血液中的尼古丁已下降四分之三；停吸七十二小時，尼古丁更會完全從體內消失，所以生理依賴全是廢話，吸煙者敵不過的全是自己的心理關口。不信？且往下看：

問：你為甚麼打算戒煙？

答：買不起煙！

問：那你不擔心吸煙會損害健康？

答：當然不。或許我明天便會被車撞。

問：你會故意被車撞嗎？

答：當然不會。

問：你過馬路前會左右看看，確定沒有車撞過來嗎？

答：當然會。

卡爾繼續用精闢的話語挑戰煙民種種對吸煙與戒煙根深蒂固的錯覺、謊言和謬論。卡爾以吸煙比作故意穿上擠腳的小鞋，再把鞋脫下從而享受片刻的舒適來突顯吸煙的荒謬，強調戒煙根本無需意志（will power），即使是重症煙民，戒煙難度不比輕度吸煙者高。

當煙民以為吸煙是享受和寄託，其實吸煙是一切壓力的根源；當煙民只當吸煙是個壞習慣，其實他們已上了尼古丁毒癮；當煙民以為吸煙是個人自主選擇和權利，其實自己只是一隻脫不了毒癮的可憐蟲；當煙民以為停止吸煙便會糾纏於尼古丁戒斷症狀（包括焦慮、急躁、注意力無法集中等），其實繼續才是症狀出現的原因；當煙民以為戒煙是放棄和犧牲，其實染上煙癮之前他們根本無需吸煙。

卡爾的成功在於他對煙民心理的絕對了解，特別是當煙民認清在吸煙與戒煙背後政府、業界和反對團體的權力邏輯、利害關係（煙草商的利潤、政府的煙草

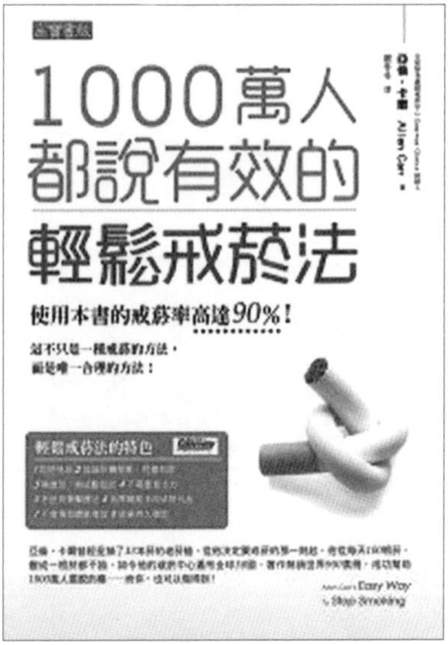

《1000 萬人都說有效的輕鬆戒菸法》書影

稅收、因戒煙而衍生的種種商機等）和各種難以面對的真相，他們的心理屏障得以消除後便心悅誠服地加入無煙者行列。

雖然這本顛覆一般人對吸煙和戒煙認知的書開罪了不少香煙業務的既得利益者，但直到出版後三十年的今天，在不賣廣告的情況下，此書仍靠口碑暢銷全球，當中的理念更藉互聯網不斷發展及廣泛傳播，影響力可想而知：

問：你吸你第一口煙的時候有沒有想過一輩子也吸煙？

答：當然沒有！

問：那你打算甚麼時候戒煙？明天？明年？後年？

誠意將此書推薦給所有吸煙者及其親朋好友，希望他們早日脫離煙海。

透徹人生

——讀三毛與讀者的書信

《談心》和《親愛的三毛》收錄三毛跟讀者往來的書信：前者的書信來自《明道文藝》的專欄「三毛信箱」；後者的由《講義》中「親愛的三毛」專欄而來。

六七年起流浪西班牙、德、美、撒哈拉沙漠等地，十四年間三毛嘗盡生死別離、異國孤寂等磨練，八一年回臺執教、寫作、演講，倔強地徘徊幽谷，直到九一年於榮民總醫院自殺前這段時光，她架起正面樂觀的面具，也如她所說「唯有經歷過生離死別此等切膚之痛的人才能用最樸素的語言教人怎樣去活，不枉此生。」於是有了《談心》和《親愛的三毛》她鮮有的、沒被悲傷滲透的作品集，這又與後來她猝然離世成了強烈對比。

三毛作品寫的盡是人生，所以來信的讀者十分廣泛：中小學生、主婦、工人、服役的兵哥、身陷囹圄的囚犯、緬甸僑生、香港學生……而來信的主題也寬：訴苦、閒聊、討教、論人生、甚至示愛也有。

對於自怨自捱一類的訴苦信，三毛從不矯飾同情，明言哄哄騙騙不會讓人成長，「迎合你，可以使你視我為天下唯一的知己，而對你的人生，我卻沒有盡到勸告和開解的作用，那就不對了。」兩書中多次有讀者談及對生命絕望，幾近自殺，三毛再三寫到「如果自殺可以解決問題，那麼世上沒有活人。」

從每一封回覆也看到三毛對人生看得如此透徹：婦人說被丈夫拋棄，三毛說「沒有人在世界上能夠棄你，因為我們是屬於自己的。」讀者問她找到另一個荷西沒有（荷西——三毛的丈夫，七九年死於潛水意外），她說「世上沒有兩個相同的人……刻意去找的東西，往往是找不到的。天下萬物的來和去，都有它的時間。」讀者想出國留學以逃避挫折，三毛說「一個人，在臺灣不能快樂、不能有自信……便能因出過國，而有所改變，有所肯定嗎？」。

此等當頭棒喝式的回應，在現今充斥脆弱心靈、事事以呵護備至式的關愛為前提的社會中，又有誰有勇氣説出如此真率的話？誠意把這兩本書推薦給生活遇上窘境，又已醒覺關愛是不管用的方法的你。

後記：友人是教師，好讀三毛，跟她談及三毛的作品幾近絕跡香港學校的原因，我們一致認為這是與她死於自殺有關，但願社會能加快前進的步調，勿讓三毛的作品淹沒在迂腐中。

《明道文藝》一九七六年三月創刊至今，一本臺灣唯一由中學專為青年學子創辦的文學性質刊物，曾七度獲得行政院新聞局優良刊物金鼎獎的肯定。

《講義》由講義堂股份有限公司於一九八七年創立，刊物內容仿照《讀者文摘》，刊載各種散文、語錄與小品專欄。

三毛《談心》書影

三毛《親愛的三毛》書影

脱北者的童話

——讀《為了活下去：脱北女孩朴研美》

脱北者——一個極富神秘色彩，極具自由解放意識的標籤；他們的故事大都有如白雪公主、青蛙王子等童話般帶著特定公式。

在脱北童話的開端，讀者首先會被引入一個截然不同、難以相像的國度。

對我們來説，春天是希望的象徵，儘管不再活在農業社會，和暖的天氣、茂盛的花葉以至一封封的利是總會帶給我們生氣；然而在北韓，漸暖的天氣代表著死亡的開端，因為冬天的儲糧大都吃完，新下的幼苗至少要待幾個月後才有收成，春天成了多人餓死的季節，因此那裏的人從不期待春季的來臨。在那個國度，很多我們熟悉的東西都有著不同的意義：美國是北韓人不能提起的邪惡之地；南韓是個受邪惡美帝殖民的貧窮人渣池；穿上象徵美國的牛仔褲是墮落的表現，被警察逮到先把褲剪破，再送去勞改；偷看好萊塢電影DVD是被處決的原因。

此外，北韓也有許多我們難以理解的事情：那裏家家戶戶也有一臺由政府提供、必須二十四小時開動的收音機，播放的頻道只有一個，不是播放國歌和其他激昂的社會主義歌曲，就是歌頌領導人金氏的節目；北韓人從小被洗腦，真心相信北韓是世界中心，金日成和金正日都有自然的神奇能量，不但能知道人們心中所想，更能用意念控制天氣，讓太陽升起；那裏絕大部份人就算餓到營養不良的頻死邊緣，仍會相信金氏領導人能拯救他們。

一個極權國度的荒謬給鋪陳好以後，脫北童話就準備進入高潮的部份——充滿危險、壓迫和苦難的逃亡之旅：基於地理環境因素，絕大部份脫北者會選擇摸黑從北韓邊境渡過冰冷的鴨綠江抵達中國邊境，然後他們就落入人口販子手中，男的會當黑工，女的或是賣給中國人當妻妾，或是被迫去當妓女替黑幫賺錢，而當中不甘受辱的一群會再次以身犯險，穿越戈壁，為求到達他們夢想的國度——南韓。

在《為了活下去：脱北女孩朴研美》一書中，研美的故事跟絕大部份脱北童話有著相似的套路，在北韓和中國歷盡苦難後，當年十五歲剛逃到南韓的她被評定只有二年級的教育程度，就連負責調查她的南韓探員都不看好她入大學的夢想，對她擺出輕蔑的姿態，說在南韓生活是研美的「第二次機會」，彷彿脱北者就是一個莫須有的罪名，南韓賜予她改過的機會。及後研美不斷發奮，先後完成初、高中資格試，考入首爾東國大學警察行政學系，積極進修英語，到菲律賓參加英語研習營，也隨教會到美國服務等，開展了脱北童話的轉捩點——西方國家（尤其是美國）向脱北者伸出的終極援手。

也許以「童話」一詞形容脱北者的故事看似涼薄，淡化了一眾脱北者所受的苦難，矮化了他們付出的血淚。無疑，類似朴研美的脱北者們的經歷背後隱含了無盡的苦難和努力，的確，北韓國民的生活苦況很需要我們關注；但在煽情背後，總不難看到一眾以美國為首的國家的別有用心。

從朴研美戰戰兢兢的跟隨教會深入自小被洗腦形容為邪惡至極的美國，到在當地的韓裔美國家庭中感到無限的溫暖，再到她選擇踏上一條與大部份脱北者迴異的路——現身二〇一四年第五屆世界青年領袖峰會並發表講話（當時她的發言題為“Escaping from North Korea in search of freedom”），親口陳述在北韓生活的苦難和脱北者的困境（絕大部份脱北者都會隱藏身份以免連累仍在北韓的家屬或被北韓政府秋後算帳），至此，朴研美的脱北故事已發展到極致。本書最後四個章節集中陳述研美在南韓排除萬難、對抗歧視、掙扎求存的過程，她拼命提高自己的英文水平，起初獲得了到首爾加拿大楓華國際學校演講的機會，後來更晉身國際舞臺，現身世界青年領袖峰會，種種發展都巨細無遺地彰顯了西方國家拯救脱北者的神奇作用。

把脱北者的事跡塑造成追尋自由和人權的煽情故事其實一直是一眾以美國為首的西方及亞洲國家在政治上的籌碼，也是她們慣用於取得國與國之間互相制衡的話語權的技倆，且看朴研美在世界青年領袖峰會上呼籲中國停止遣返北韓難民便能知一二（現時中國政府視脱北者為非法入境者，若被當局逮捕會遣返北韓；相類似的情況經常發生在美國與墨西哥邊境，篇幅所限，未能詳述）。

筆者在文中所說的「童話」其實正是指西方強國妖魔化一眾與脱北者拉上關

係的國家如北韓、中國和南韓等後，再把自己高舉為脱北者們唯一救贖的故事。

其實絕大部份脱北者之所以鋌而走險，主要是為了活命，脱離飢荒的煎熬。一九九四年至一九九八年，朝鮮發生的大面積饑荒災難，估計死亡人數高達三百五十萬；及後饑荒雖得到舒緩，惟糧食短缺加上天災的問題一直困擾北韓，估計每年死於營養不良和飢餓的人數以萬計。然而，只是為了活命而逃亡的原因在西方強國眼中略嫌乏味低俗，因此爭取「自由人權」這個的口號在脱北者身上便能大派用場。

《為了活下去：脱北女孩朴研美》繁體中文版書影

今天，朴研美嫁了一個老外，除了當主持人和作家外，更是世界知名的人權活動家，跟我們一樣可以自由去旅行、玩手機、上 Facebook、食好西……。至此，一個為自由人權而戰的脱北者修成了如此美滿的結局，絕對合乎童話的方程式。

最後，值得留意的是《為了活下去：脱北女

孩朴研美》是出自著名影子作家 Maryanne Vollers 的手筆（即替希拉里寫成著作 Living History 的寫手）。

有興趣可看朴研美 Facebook 專頁了解更多：https://www.facebook.com/OfficialYeonmiPark/

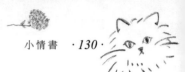

為何讓仇恨蔓延

只用了三小時就把改寫他的十四天經歷讀完。世事往往這樣，在你回過神來想把它細看的時候，它已從你的視線閃開、從你的指縫溜走、甚至從你的生命中永遠消逝。

安托尼·雷西斯（Antoine Leiris）在二〇一五年十一月的巴黎塔克蘭劇院恐襲中永遠失去了妻子愛蓮娜，寫成了《你不值得我仇恨》。失去摯愛後會是怎樣的境況，我不敢想像，更何況是如此暴力的被奪去了生命中的另一半，而現實又沒有因為憐憫你而放緩腳步、放鬆那一節箍筋……

「它們早就互相開始較量誰用的標題最煽情、最邪惡，使我們維持在一種被俘虜的狀態，眼睜睜看著這個世界崩垮。」安托尼這樣形容知道妻子可能出事後他看著電視新聞的情景，轉瞬間他已關掉電視，避開更令人窒息的措詞。

恐襲離我們很遠，儘管每次我們都趕上以最快的時間留下一句「Pray for XX」或把臉書上的小圖轉黑變暗，這樣只能更突顯恐襲與我們之間那道鴻溝（當然沒有人希望遇上恐襲）。然而依附著恐襲而生的種種煽情式的恐懼和莫名所以的仇恨，卻是我們熟悉不過的，難道不是嗎？

安托尼這樣形容發動襲擊的恐怖分子：「有一些憤恨不平的人，藉由射擊那些自動化武器，讓大眾知道他們的心聲。」我們沒見過恐怖分子，卻每天都看到依著他們行徑而走的人在網路上發動數以千萬計的襲擊，誓要以強暴的方式脅迫我們信仰他們所信仰的一切，一字不漏的臣服於他們的字裏行間。

我們沒有遇上恐襲，卻受到更血腥的無聲的攻擊。

也許你早就看過安托尼在臉書上發表的那一封寫給恐怖分子的公開信，也許你有替他難過、留言安慰、送上祝福……然後呢？仇恨繼續蔓延。

安托尼有千萬個仇恨的理由，因為愛蓮娜死了，還未斷奶的兒子在未能理解之前已失去母親，他怎樣也無法重回昔日的生活；但面對仇恨這個順理成章的選

《你不值得我仇恨》書影

擇，安托尼選擇奪回自主權，讓自己軟弱和悲傷，又以比開水更平淡的方式面對強行被挑起的情緒，把它（他們？）化開，化成重拾生活正軌的力量。他說：「我們也不會走向一個與自己互相對峙的人生。我們會在屬於我們自己的人生裏，向前邁進。」

我喜歡此書的英文譯名：“You Will Not Have My Hate”，比中文譯得更堅定，縱然安托尼在書中處處流露矛盾的心情。

而我們又能否像安托尼一樣掙脫時刻企圖操控我們生活的仇恨？

漫遊古書店

沒想過能把書看完，厚厚的一本，字密密的擠在書頁上，除了封面上那一排擱在書架上的書和「舊書與珍本」幾個字外，我對這本書總是提不起興趣。它就這樣被我擱在案頭，一放就是半年多（捨不得扔掉，好歹也是自己花錢買的，犯賤啊！）。

早兩天剛寫完一篇跟書店相關的文章，心血來潮的讀起這本書來，一上手便非要把它看完不可，結果不消兩天就讀完。該怎麼形容《舊書與珍本：戈德斯通夫婦書店漫遊記》呢？它不會霸道地叫讀者廢寢忘餐，而是綿綿輕輕地纏繞讀者心扉的那種，靠的就是作者戈德斯通夫婦二人對生活活潑的記錄和他們遊歷書店時紀實而幽默的步調。

戈德斯通夫婦二人皆為小說作家，愛書是理所當然，但促使二人尋訪各地古書店的動力卻是大家都不想再收到對方那些既昂貴又欠缺意義的生日禮物。從居住地馬薩諸塞到波士頓再到紐約，由市郊憩靜的隱世書舍到市中心熱鬧的書市到暗藏民居地下室的書店，整本著作就是由他們與書店之間的小故事建構而成。

一幕幕與古書珍本的故事發生在互聯網尚未入侵生活的九十年代，二人拿著廣告黃頁按圖索驥，計劃週末或是假期的尋書之旅，別有一番情趣：書店早搬了？不怕，店主細心的把新址貼於舊址門牌附近，多走五分鐘就到；那書店的珍本區只在平日開放，大門不會因為你遠道而來破例敞開；古書展的第一天只開放予書商參與，儘管是廣告刊出錯誤的資料，那怕你只能在當地逗留一天也絕不通融！「生斑變色」（"foxed"）、「磨損」（"rubbed"）、「書脊」（"backstrip"）……隨著到訪更多的古書店，夫婦二人不但學到鑒別珍本的術語，也從最初只會花數十美元買舊本子，到出席古書拍賣會，再後來捨得花上數百美元買下第一版的珍本，二人對舊書與珍本的愛好日漸濃厚。

讀著讀著，原來書頁上密集成針的字用不著逐一拆解，只要投入其中不難輕

《舊書與珍本：戈德斯通夫婦書店漫遊記》書影

鬆地讀出趣味，尤其是從第十一章起，戈德斯通夫婦不單帶讀者們遍遊古書店，更把古書背後的故事跟大家娓娓道來：那些如《紅色穀倉謀殺案》（Murder in the Red Barn）和《迷失的猶太人》（The Wandering Jew）般以人皮訂裝的書固然引人入勝；而狄更斯在出版《聖誕頌歌》（A Christmas Carol）時懶理早已欠下出版商一筆債務，孤注一擲的要用上紅色的書皮、綠色的書扉和四個彩色插圖的形式來出版等軼事也饒有趣味。

《舊書與珍本：戈德斯通夫婦書店漫遊記》——又一本帶愛書人探索書海故事的好書，它不但帶領讀者重新認識看似遙不可及的古書，也把珍本背後的故事帶到讀者眼前。

被遺忘的快樂

約十多年前，「中環價值」由旅居香港的龍應台教授整合提出，是一個帶有批判意味的詞彙，批評香港的城市發展只重經濟效益，徹底忽視文化的局面。十年過去，無論是從政府或是社會大眾的層面看來，我城的發展意識或多或少有了蛻變，也許我們是時候為「中環價值」添上更多元的註釋。

我對中環很陌生，對她的認知就只流於偶爾往那裏的飯聚和電視、電影所描繪的影像：歷史老街、蘭桂坊、摩天輪、白領儷人、高跟鞋……印象中，那裏的人和事總是披著華麗的面具和輕薄的頭紗，竭力地扮演著某種、甚至是多重不同的角色，把真我埋藏甚至滅跡，說到底這就是我們投入社會工作後的生活寫照。

也許物極必反是定理，這些年我們多談了夢想、多重視了文化、多珍惜了歷史、多關心了弱勢，盡一切能力從經濟壟斷發展的局面平衡我們的生活，令自己活得更快樂更圓滿。然而每當週末或長假過後，我們仍舊要面對「憂鬱星期一」，背負著心靈上的缺口，戴上面具繼續上班去。究竟是甚麼時候開始平衡的生活和簡單的快樂成了比登月更難的事？

當我們極力向外尋求的時候，日本心理諮詢師中山和義從不同渠道收集孩子的純真故事，把它們輯錄成數十短編，結集成《長大後，忘了的事》，化成一部成年人的快樂字典，告訴我們快樂原來是與生俱來的。

下大雪，爸媽分別為出門的麻煩而發愁，只有兒子為可以堆雪人而感到興奮；人人也知道冰融化後會變成水，只有小孩會想到那春天百花盛開的景象；老師教住在福利機構的孩子銀幣的面值，但教了很多遍，孩子仍舊說十元硬幣的面值最高，原來就是因為孩子把十元投進公眾電話就可以聽到最喜歡的爸爸的聲音……

生活中很多真正令我們快樂的東西其實早就在我們身邊，但無奈隨著成長而變得複雜的思緒竟變成窒礙自己快樂的羈絆。中山先生就希望藉著這些小故事喚起我們童年的記憶，找回小時候擁有過的美好力量。

書中有一個故事讓我特別深刻：

上美勞課時，老師叫孩子們畫最喜歡的動物，孩子討論一陣子後開始安靜下來畫畫。這時，老師見到其中一個孩子努力地把整張畫紙塗上灰色，而且是一張接一張的塗，老師不明所以向孩子問過究竟，孩子說畫紙太少，容不下他想畫的動物。

說到這裏，大家可能想像老師下一步會告訴孩子基於公平的原則，每人只能用一張畫紙作畫；更極端的情況可能是責備孩子沒有按老師的指示而畫。然而那位老師卻靜心地等待那個孩子完成他的作品，最後孩子用了二十五張畫紙併成了一幅巨型的畫作，標題是「我最喜歡的動物：非常大的大象」。

不知道從何時開始，改變身邊的人和事令自己快樂的想法佔據了我們的價值觀，我們都竭力把人和事擠進自己設下的框框。也許今天的「中環價值」不再只側重於經濟利益，同時兼顧了文化底蘊，但整個城市的發展如果欠缺了心靈富足的我們就只會剩下沒有內涵的軀殼。

從今天起就找回那個最純真的自己，從根本處過最快樂的生活，讓我們一起
肩負活化我城的責任。

《長大後，忘了的事》書影

嚐一口文學小清新

——談《青果一集》

我常常在想，誰會讀到我的文章？《閱刊》會送到學校，看的是學生還是老師？《閱刊》也會被派往一些商場和會所，翻開它的是有心人還是無意者呢？又，讀者會否發個電郵跟我交流起來？（按：筆者於二〇一四年十一月至二〇一六年八月期間為《閱刊》撰寫書評）說著說著，我想到了一本書，是它令我開始執筆寫作，是那位作者的模範令我堅定寫作的選擇，這次我就要介紹這本書跟這位作家。

它是一本散文集，介紹它是件艱鉅的事情。散文不似小說，有高低起伏有始有終；也不如史哲書籍般具研究價值；更不像工具書般實用。然而，有些書你知悉結局便不會再看；有些過時你會丟掉；有些難懂你會放棄……但我要介紹的卻是一本讓人一看再看、珍而重之的書。

第一次翻開阿濃的《青果一集》時我只是個小六生，「你們不但觸摸我的書，也同時觸摸著我的心。你們感覺到它熱烈的跳動嗎？」印在封底的這句話讓我特別深刻。

阿濃，原名朱溥生，是一位退休教師，這筆名源自早期他的其中一個筆名「濃濃」，取其感情豐富的意思（《濃情集》〈寫在前面〉）。《青果一集》於一九八九年成書，結集他當年在報章寫的專欄文章，主要圍繞校園裏外的事情：一位老師眼下學生們的青蔥、一位父親眼裏兒女的成長和一位知識分子對當下社會的觀感。自那時起，我每隔一段時間便會再讀此書，每一次我都能感受書中的溫度。

〈毛蟲〉寫初中女生因心儀的男生跟另一個女生走近，令她大感失落，生物老師用毛蟲作比喻，說毛蟲終有一天會變成蝴蝶，即便是專家甚至連蝴蝶也分不曉得自己將來會變成甚麼模樣，因此毛蟲不談戀愛，直至牠們成長之後，知道自己和別人都變成甚麼模樣才作出愛的抉擇。這不但是安撫青年人面對戀愛那種患得患失的良方，也為老師、父母解答學生、兒女愛情問題的妙藥，更是我回憶少時暗戀滋味的藥引。

〈既然當了這一行〉談及阿濃中學畢業後因父親失業急需賺錢養家而考上師範，面對這個不是自己選擇的崗位，他從來沒有憎厭，只信努力把它幹出成績，一樣大有可為。不受制於教師的道德光環，阿濃直率的用自己的經驗說明了該如何面對現實與理想之間的落差，令人折服，至今看來仍是對青少年一個擲地有聲的勸戒。

另外也有一些談及阿濃自己和一些父母當年送子女出國讀書的離愁別緒、男生女生喜歡在家「煲電話粥」、追明星追潮流的一些趣事和其他天南地北的所思所感。

阿濃的著作甚豐，《青果一集》是他早期的作品，寫這些作品時他大概已經五十歲，但他的文字確實有超越年齡和時空的能力。雖然他的作品多被歸類於青少年文學，但其淺白不矯飾的文字不只學生們宜讀，連老師、父母甚或是想尋回青蔥記憶的人也適合去讀。

想當年《青果一集》開啟了我的閱讀之門，不但讓我找到了最喜歡的作家和學習寫作的對象，更令我明白好的作品不用遣詞艱辛，只要真誠的抱著與讀者交流的心，寫出來的一定是美麗的文字。

青果
一集
阿濃著

阿濃《青果一集》書影

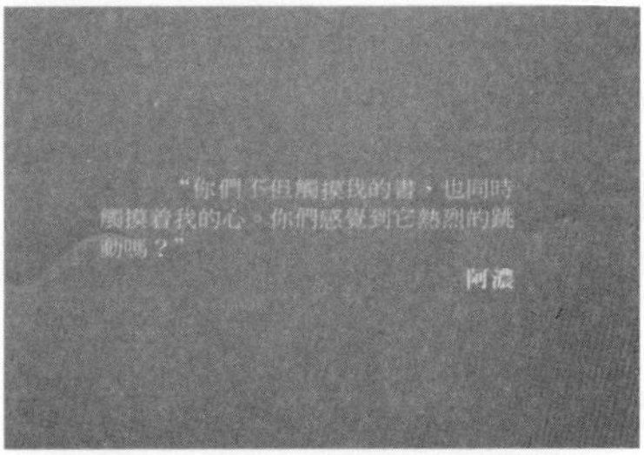
“你們不但觸摸我的書，也同時
觸摸着我的心。你們感覺到它熱烈的跳
動嗎？”
阿濃

阿濃其中一句最觸動筆者心靈的句子

筆者其中一部分珍藏的阿濃作品

書店，你還在嗎？

曾經有這樣的一家書店，負責人跟一位相隔六千公里，跨越整個大西洋的窮書迷以書、信和食物維持了二十餘年的情誼，真不可思議。

最近，城裏書店結業的消息不斷，在一片惋惜之聲中，有評論質疑大家「有多久沒光顧過實體書店」、「港人多不愛閱讀」，當中必不少得帶有政治色彩的意見，說「港人不配擁有具質素的書店，最後香港只會剩下中資書商」，一時之間眾人都成了書店結業的幫兇。

一九四九年某天，紐約一位窮作家從文學雜誌上看到一則令她雙眼發亮的廣告，決定去信一家位於倫敦的書店求書，希望買到她在當地找不著、在扉頁上有題簽、頁邊寫滿注記的舊書。舊書相繼送達，「我捧著它，生怕弄污它那細緻的皮裝封面和米黃色的厚實內頁。看慣了那些慘白紙張和硬紙板大量印製的美國書，我簡直不曉得一本書竟也能這麼迷人。」當我們咤異為甚麼會有人千里迢迢郵購二手書閱讀而不是用作收藏、保值或炒賣時，更不解的是窮作家會從自己微薄的收入中分出一份予那一些素未謀面的人，定時為書店仝人寄上雞蛋和肉食，以解他們戰後糧食匱乏的困境。

儘管彼此間的文字往來不及現今電子信息般頻繁，有時甚至要兩年多才有對方的音訊，雙方的情誼卻始終堅定。雖然直到書店負責人 Frank Doel 於一九六八年末去世，窮作家 Helene Hanff 終未能如願到查令十字路 84 號探望 Marks & Co 書店仝人，但也許因為這個遺憾，促使 Helene 寫成了《查令十字路 84》*，日後文本輾轉成了舞臺、電視甚至電影的劇本，流傳至今。

記得多年前在嶺南上過馬國明馬老闆的 Perspectives in Cultural Studies（文化研究碩士班的入門必修課）。馬老闆是灣仔曙光書店的創辦人，書店於八〇年代開始，至二〇〇六年結業。筆者雖因為時光的偏差未曾有幸到訪曙光書店，但上馬老闆的課、聽他的故事、觀點與分析，我們就恍如置身書店中，用耳朵讀著一本本著作的精華，嗅到店中滿滿的書香……原來書店可以這樣融入一個人的靈魂之中。

其實書和書店跟其他物質存在別無兩樣，諸如一雙破皮鞋、一棵榕樹、一個公園、乃至是人的生命，值得我們珍視的不只是存在本身，而是當中蘊含的思想、感情、回憶和共鳴。強求把生命中終必自然流逝的人和事留住是天真和自私的，如果我們真正的愛，那末我們都應學會接受和面對萬物隨時而逝的必然，把那份價值以永恆的方式留傳下去。

書可以丟失，書店可以結束，但那份回憶卻不曾給帶走。

《查令十字路 84》

*註：《查令十字路 84》，於一九七〇年出版，作者為海蓮・漢芙（Helene Hanff），故事記錄她與倫敦古書負責人法蘭克・鐸爾（Frank Doel）二十年間的書信往來。

讀得到的幸福

——最後的讀書會

總覺得書與書之間有著一種不可解釋的、近乎神聖的聯繫，它們以某種特定的形式緊扣著，就像人與人之間微妙的關係一樣，也許這道關係也落在書本與人之間。《生命最後的讀書會：媽媽教我的人生智慧》（The End of Your Life Book Club）是一段以書本貫穿的生命歷程，是作者威爾·史沃比（Will Schwalbe）和母親的最後回憶，也是作者與母親關係的延續。

二〇〇七年深秋，作者的母親瑪麗·安·施瓦爾貝（Mary Anne Schwalbe）確診胰腺癌，據統計一般患者只有三到六個月的時間可活，眼下理應充裕的時間突然緊湊起來：兒子為母親即將離去感到難過和無力，他筆下的母親卻一貫堅強的模樣，盡力在餘暉消逝前處理好阿富汗圖書館的計劃、難民婦女會的籌款聚會還有一件又一件的慈善事業。面對絕症，「閱讀」在二人的生活中發生了奇妙的作用，成為兩人交流的橋樑，催生了二人專屬的讀書會。在這段最後的時光，兩位好讀之人交換互讀喜歡的書，將閱讀的所感、所思、所得、讀書的小習慣與對往事的回憶和當時生活裏的一切經歷交集起來，成就了這本承載著智慧中的智慧，感動中的感動的著作。

被書寫的雖然是一個末期癌症患者的故事，但字裏行間沒有絲毫矯情的悲痛。作者和母親捨棄最初選讀的薄薄的短篇，轉為讀起一本接一本的長篇，這是二人對生命延續的一種憧憬和祈許，是他們藉著書本從絕望走到永恆的憑據。的確，書的生命極具延續性，本書提到不少饒有經歷的書，包括瑪麗．安一位哈佛老朋友送她的一九三四年重印出版的《每日的力量》、她祖父留給她的整套《大教堂謀殺案》、皮革面的梭羅和狄更斯的作品等……這些書沒有隨著它們的主人一起出生和逝去，卻一直留傳下來，積累前人的睿智，也延續了作者母親的生命。

有限的時間使得二人的讀書會節奏明快，提及和介紹過的書很多，其中

《生命最後的讀書會：媽媽教我的人生智慧》繁體中文版書影

瑪麗．安向作者推薦的、由瑪利亞涂．卡馬拉（Mariatu Kamara）寫的《芒果的滋味》（The Bite of Mango）觸及人性中最高層次的光輝——寬恕的勇氣，最令我深刻。當年十二歲的瑪利亞涂被塞拉利昂叛軍抓去並砍掉雙手，為的是嚇怕她，令她無法投票支持當時的總統；甦醒後虛弱非常的她用雙腳把傷口用衣物包紮好，連夜行走，終於遇到一個肯幫助她的男人，他把一個芒果遞到她口邊，瑪利亞涂沒接受他的餵食，堅持用傷殘的雙臂舉起芒果，因為她知道只有靠自己才有活下去的動力。隨後瑪利亞涂投身塞拉利昂婦女和兒童的慈善工作，透過劇團巡迴演出喚醒世界對戰爭和愛滋病的關注，她在劇作中釋放了自己的情緒，學會寬恕。

「閱讀跟行動並不衝突，閱讀的真正的反面是死亡。」一個又一個從書本而來的智慧充實了瑪麗．安最後的日子，也令作者明白到母親的去世不代表一切的結束；母親是以另一種形式存在於他們之中，就如作者說「我會記起母親喜愛的書，當孩子們長大，我會給他們看這些書，告訴他們這是祖母喜愛的。」

藉著書本和閱讀，人與人之間的關係得以超越生死，超然於物質之外；誠將此書推薦給喜愛閱讀的人和總是說沒有空看書的人。

那關鍵的八小時

在香港誠品的面書看到一本書的介紹，書名叫《下班後的黃金8小時》（The Other 8 Hours: Maximize Your Free Time to Create New Wealth Purpose），作者是羅伯．帕格利瑞尼（Robert Pagliarini）。書的封面有一個大大的圓形圖在中央，它被分成三等份，其中一份是工作，另一份是睡眠，最後一份是一個大問號。封面令我印象深刻，因為我跟大部份香港上班族一樣，一向都覺得自己的生命中除了工作、吃和睡之外便沒有其他，營營役役勞碌一生，但當我看到這個大圓形之後，我赫然發現原來每天還有八小時是完完全全屬於自己的，我有沒有善用它們？究竟在一天中整整三分之一的時間中，我做過甚麼呢？

作者在書中提到不論是八小時還是八分鐘都足以你把自己的心靈或身家變得

更富足，關鍵在於你有沒有把握這些時光，用在有意義的事情上。他在書中提出不同的方案，例如工餘進修、做兼職賺取另一份工錢或是與家人共聚天倫……

雖說是有八小時，但其實當中有三小時多都是花在與工作有關的環節上。清早起牀，洗澡、梳洗、化妝、更衣都得花上一個小時，由家門出發到公司又得用上另一小時，下班等車回家再花一小時，屈指一算，表面上屬於我的那八大小時只剩下五小時。那麼五小時也是不少時間吧！但當我踏入家門，又得用上一小時歇歇、洗澡和吃飯，真真正正剩下來的時間已剩下四小時。好！四小時也是不短的時光吧，那我在這四小時中究竟是做些甚麼的呢？細想之下，原來自己每天回家後都總是「機不離手」的，不厭其煩地拿著 iPad 查閱電郵（連同工作的電郵戶口，我總共有六個常用的電郵）、看面書上朋友和家人的狀態、也會不停地瀏覽新聞資訊和討論區，我想我大概每天都花上兩個小時在網上流連。還有兩小時呢？時間總是抓不緊的，我想每天最後屬於我的兩小時便是在陪貓咪和看電視之際悄悄地流走的。

啊！檢視完自己一天的時間表之後，我覺得很有罪疚感呢！我好像都花了

《下班後的黃金 8 小時》書影

時間在沒意義的事情上，簡直就是虛耗生命！但話說回來，每天工作八、九小時仍不夠辛勞嗎？你每天上班的時候好像是在替老闆賣命，但所得的工作經驗都是屬於你的，你不是已經在為自己在累積無形的資本嗎？工餘還要擠點時間來秘撈、進修，不是很痛苦嗎？

當我再找找作者的背景資料時，發現他是個財務規劃諮詢師，又是美國一間財富管理公司的創辦人，難怪他得把所有閒暇時間都量化，希望人人都利用每分每秒增值自己。

好好運用時間的觀念是值得推崇的，但我還是希望下班後可呷一口咖啡，一邊聞著咖啡香，一邊上網、看雜誌、睇電視，再逗逗貓兒。休息是為了走更遠的路。盡情享受那屬於你的幾小時閒暇吧！

永遠的荒漠

——讀《阿拉斯加之死》，看 Into The Wild

神奇公車被移走了，是四、五天之前的事（按：二〇二〇年六月，阿拉斯加州史坦比德步道的「神奇公車」被當地政府派員移走，以免民眾繼續冒險前來朝聖）。

克里斯．麥肯蒂尼斯（Chris McCandless）如果尚在人世，已經是個五十二歲的中年人，然而現實是他早已離開，脫離凡俗，自由了。

誰會對克里斯的故事感興趣呢？心底有夢的人？家庭有缺陷的人？厭惡物質主義的一群？還是對社會有千萬個看不過眼的一群？多少閱讀克里斯故事的人只著眼他放棄塵俗、跑進荒野流浪生活，酷得讓人羨慕不已的片段。他們會誓言

「終有一天我也要流浪一次」；也有真的把性命置諸度外，往阿拉斯加州進發，或經歷深刻的旅程，或命喪荒野的人。

然而流浪過後又如何？

手執 Jon Krakauer 的《阿拉斯加之死》，行走在阿拉斯加的荒野、克里斯的旅程和作者的思緒三者之間，起初的確讓我天旋地轉：地圖上那些蜿蜒曲折的小徑、克里斯的每一個關鍵時刻、作者追訪克里斯生前死後的蛛絲馬跡，三者猶如老樹盤根，牢牢的纏在書頁上，一分神就給絆倒。我堅持讀下去，是對克里斯的尊重，也是對自己挑戰；後來釐清了哪些是該讀的重點，哪些是可略過的碎片，讀起來便輕鬆多了，就像克里斯遇到了 Jan 和 Rainey 一樣，迎來了一個一百八十度的大轉向，動盪的旅程中得到了片刻的安寧。

如果克里斯沒有在旅程中意外身故，二〇二〇年的今天，他會過著怎樣的生活？一個固執、總希望逃離社會、擺脫束縛的五十二歲中年人會一直在荒野流浪？成了俗世中的清泉？當了知名的勵志書籍作家？繼續打零工過活、浪蕩天涯？還是終於被同化，結婚生子安定地過城市生活？無論如何，克里斯走入荒地不是為了找尋迷失的自我，他比誰都清楚自己要走的路，對他而言，阿拉斯加這一片荒野象徵著探索生命意義的源泉，是人生旅程中的必停站。

電影 Into The Wild（中譯《浪蕩天涯》）由 Sean Penn 編導，靈感就是源於《阿拉斯加之死》一書。挺喜歡那些給拍成電影的書，兩者比對並讀，互相配合，讓人愈看愈明白。沒有深入的描寫，你不會了解父母之間複雜的關係對克里斯構成多深遠的打擊；沒有電影中的影像，從字裏行間你比較難讀懂沙漠的乾旱、嚴冬的寒風、急流的洶湧和那一輛囚禁了克里斯肉體的神奇公車。

放棄容易，堅持極難，這個是更值得我們深思的課題。克里斯的故事只是一個開始，他的死是一個意外的章節，至於結局，抑或終究是否需要有結局，現在就掌握在我們的手中。

克里斯走了，但他的故事卻永遠留在已知、想知及將會知道的人心中。

補充資料：

1.〈朝聖太危險！阿拉斯加之死「神奇公車」被遷走〉

https://video.udn.com/embed/news/1179466

2. Into The Wild - Trailer

https://youtu.be/g7ArZ7VD-QQ

《阿拉斯加之死》書影

電影的意義

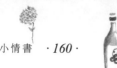

致愛情‧也致青春

姐姐讀初中的女兒最近開始戀愛了，生命中多了一位她以「老公」相稱的小男友，從早到晚一有空閒的時候，她總是電話不離手，或是在通話、或是在WhatsApp，彷彿就是連一秒鐘都不放過，要跟對方牢牢的連繫著……

初戀的時候，我也是以「老公」稱呼小男友，而我就是他的「老婆」了。

往後的幾次戀愛，我跟對方都不再用「老公」、「老婆」的暱稱，大概是雙方都知道這是一個承諾，不是一個兒戲。誰也想得到，誰也想認真。但誰敢保證？誰敢擔當？

我媽媽見自己的外孫女只顧拍拖，荒廢學業，想當老師的我跟她談幾句，我說：「阻不了。」

由不顧一切的初戀，到嚐盡愛情的苦澀，需要的都只不過是十多年的時間，既然愛情來了，誰可以阻擋得住？

最近看了《致我們終將逝去的青春》。

若你以為它是一套純青春愛情電影，那它所包含的又多於愛情，它說的是成長、是經歷、是現實、是殘酷……大概青春就是一場洗禮。劇中的感情線不少，卻清晰分明：男女主角的感情故事故然吸引，少女向男生求愛，由抗拒到接受，甜蜜到分手，是青春的勇氣也是每段感情的週期；其餘角色的感情線也鮮明吸引，有苦戀、有暗戀、有婚外情的、有因愛成恨的、有覺悟、也有釋懷……

戲中最令我印象深刻的是在片末出現的那個擔當著「守護者」角色的男生，他一直默默的愛著那女生，直到她過世的那一刻，也從不知道這個人一直在守護著自己。現實中就是有一種人，明明知道自己不可能跟對方一起，也心甘情願地作對方的護航者，他們想的沒有甚麼，只要對方快樂幸福，自己便滿足了。這種人是傻是痴，他們永遠都在期盼那朵不結果的鮮花會盛放，到最後心痛了要面對現實了，卻可以很灑脫地無悔自己為所愛付出的一切。

另外，戲中的某些場景也有意無意地勾勒出男性在面對感情時軟弱的時候，反觀當中的女性角色都較為果斷、堅強，現實當然比戲中所描述的複雜，人人也有脆弱的時候，大概不論男女，面對愛情，都會失去防禦能力，只能憑本能去作決定。

一切，留待你們慢慢從戲中體會。

戲中有一句對白挺值得我們深思：「我們應該慚愧，我們都愛自己，勝過愛愛情。」

有一天，當你找到一個你甘願為他/她犧牲所有的人的時候，大概你懂得愛了。

紅VAN上的乘客就是香港人

《那夜凌晨，我坐上了旺角開往大埔的紅VAN》說的是人性、是香港，戲中各個乘客都鮮明地代表著形形色色的香港人。

發叔（任達華）是典型的那一種「阿叔食鹽多過你食米」的港式麻甩阿叔，這類麻甩喜歡在男女老幼姨媽姑爹面前認叻，他們的「威水史」清單長過長江，雖然當中有九成含吹嘘成分，但勝在他們次次都談得七情上面，帶給觀眾無限娛樂。然而，每一個典型麻甩阿叔背後總有一個辛酸、一個弱點，當他們在生活上遇到真正的困難和大事、而在自己的吹水清單中找不到答案的時候，他們就會邊罵邊退回自己的保護殼。

阿信（天佑）演活了那一種聰明靈活的香港人，他們在人前總是既理性又鎮定，在人後卻是為了自己利益的牆頭草，見人講人話見鬼講鬼話，雖然他們不敢做出一些大奸大惡的事，卻總令人要對他們多多防備。

神婆英（小紅姐）代表的是喜歡將生命交託鬼神的一類香港人，他們早已與鬼神合一，把大大小小的生活日常訴諸神怪、命定。香港是中西文化的融合點（嫌我老土都要講，因為事實真是如此！），縱觀世界各地的旅遊名勝，無一有個類似廟街集睇相、占星、塔羅、摸骨於一身的區域，的確，香港人很多時候都會選擇「寧可信其有不可信其無」，不是嗎？

阿池（又南）代表了那些仍是清醒的香港人，雖然他們不是最勇的一群，但他們一定是最心水清的一群，電影最後由又南駕駛紅 VAN 其實是不無道理的。

Pat 和 Bobby（卓韻芝、李尚正）是為供樓賣命、為睇波捱夜的夫婦；LV 女可能是問邦民 Promise 易借唔還去 shopping 的女仔；盲輝（李璨琛）是屬於有義氣的 MK 人；飛機昱和白膠槳（袁浩楊、陳健朗）則是那些欺善怕惡的 MK 人；歐陽偉（Jan Curious）就是那些彷彿一生人都在等一次發為機會、但閃一下就銷聲匿跡的香港人；Yuki（Janice Man）表面上是普通的鄰家女孩，但看到她變成恐怖Yuki和拿刀捅人的時候，就知道港女有著不可忽視的潛力了……

其實，紅Van說的不只是人性、不只是香港，它說的更是有血有淚的、黑、白、灰皆有的社會現實。戲中不少場口都是現實中我們要面對的關於公義、人情和道德的決擇。

特別一提，紅Van一戲雖然粗口橫飛，卻是我聽過的、最順耳的港式粗口。

除非你未滿十八歲，否則我找不到一個不看紅Van的理由。

也許，我們都是紅Van上的乘客。

《老而嚟癲》：一百歲的精彩人生

人人都想人生一帆風順、事事如意，《老而嚟癲》（The Hundred-Year-Old Man Who Climbed Out of the Window and Disappeared）這套改篇自同名小說的電影就偏偏要告訴你人生根本不由你控制、甚至處處跟你作對，但只要你能處之泰然，勇於面對，就會領略到不完美的人生才最值得回味。

我想絕大部份人也不曾想過自己一百歲的時候會在做甚麼，就算有也不會是啥好事，可能是躺在醫院的牀上插上了胃喉，樂觀一點的可能是閒坐在輪椅在老人院的草地，總之一個百歲老頭給人的印象不是個負累也至少是個麻煩。

《老而嚟癲》主角 Allan（Robert Gustafsson）不甘被困老人院，在百歲生日前夕選擇跳窗而逃，這一跳不但開展了他的冒險之旅，也讓觀眾回顧了他那不平凡的一生，教曉我們做人的道理。

Allan一生「符符碌碌」，與炸彈結下不解之緣：小時候Allan唯一的玩具是炸藥，往後的日子炸玩具、炸人、炸橋……爆破點燃了他的一生，成為了他的興趣和生命，卻也一次又一次令他身陷窘境。Allan不曾有為自己的人生鋪排些甚麼，不論是機會或麻煩找上他來的時候，他總是從容面對，誤打誤撞之下走遍世界各地，結識一個個名人，成就一件又一件的歷史大事，一生傳奇到你不敢相信。

除了攬鬼誇張的情節外，值得一讚的是整套戲的音效，在笑位時幽默的配樂能令觀眾笑得開懷；在悶位時一個炸彈爆炸能便能令觀眾回一回神。

引用原著小說作者Jonas Jonasson的一句、也是Allan的人生態度“Things are what they are, and whatever will be, will be.”，提醒我們做人不必也不能強求，隨遇而安不消極而是順應時勢的積極。

有興趣也可以看看以日記形式寫成原著小說，可能會有意外驚喜。

《催眠大師》：內地電影的另類體驗

一直對內地電影沒甚麼期待，直至一次偶然的機會看過徐崢的《人再囧途之泰囧》，令我重新認識了國內電影，今次看《催眠大師》多多少少也是因為他。這一次徐崢收起了在《囧》片中的攪笑基因，聯同莫文蔚用熟練的演技帶領觀眾進入催眠世界。

催眠不是新鮮的電影題材，但能以催眠貫穿整套電影而又不令觀眾看得糊裏糊塗、一肚悶氣的卻寥寥無幾。電影中，徐瑞寧（徐崢飾）是一位自信而富經驗的催眠治療師，在他的恩師轉介下接收了一個棘手的個案，治療時常「見鬼」的女病人任小妍（莫文蔚飾），由此展開了兩位主角的演技鬥法。

很多人對催眠的認識只停留於在眼前晃動陀錶的刻板畫面，導演當然有照顧到觀眾這一個心理需求，把這麼經典的場景放進電影中。同時，導演也利用廣告給我們的清醒暗示為例子，令觀眾似是而非的了解到「清醒催眠」的概念，增強了電影的真實感。

可是不少人看《催眠大師》看得一頭霧水的時候就批評它是「不知所謂的強國爛片」。也有國內的影評人以專業的心理醫學的角度去批評這套電影不堪入目，說它不寫實之餘也混亂了各種催眠概念云云。

其實值得一提的是《催眠大師》的導演陳正道拍過羅志祥、五月天和蔡依林的MV，也拍過《盛夏光年》、《再一次心跳》和《101次求婚》等電影，是一個年青有為的八十後臺灣導演。再者，專業的態度絕對值得別人尊敬，但電影始終就是要有不現實的戲劇性才能把觀眾從現實世界釋放出來。

以戲論戲，相比起那些極度政治正確而又矯情的中港臺合拍大片和那些只求大團圓結局的輕鬆小品，《催眠大師》絕對是一套值得你入場一看的內地電影。

《歸來》：時代中的人文情感

看了張藝謀的《歸來》，本來是暑假的時候想到戲院裏看，怎料又是拖到戲都落畫了，始終沒有看到。最近我終於在網絡上用了睡前的兩個小時把戲看了。《歸來》一戲吸引我的不是張藝謀（雖然他是國內神臺級大導演），而是戲中的文革背景和那個淒美的故事，而且戲碼很強，鞏莉和陳道明，誰可匹敵？

整套戲以排練《紅色娘子軍》的一幕作序，鮮明的交代了時代背景，也令觀眾有了期待，期待在戲中看到更多有關文革的批判。

我一邊看，一邊翻查內地的網上影評，上千條的微博評論，寫的有些是專業影評人，也有的是導演、更多的是普羅大眾。從好壞參半的論述中，我看到了失望而回的觀眾的期望：他們期待的是張藝謀借《歸來》批判時代，從震懾宏大的畫面中釋放自己心中的感情；而對《歸來》大讚的人很多是基於對張導的個人膜拜，寫的都是浮誇的讚賞；稍為中肯的則說明了張導這套戲的用心。

說實的，我對張導的戲認識不深，印象中最深刻的是《大紅燈籠高高掛》中的大紅燈籠，整個畫面甚麼也沒有，就只有一對碩大的紅燈籠高懸在土啡色的大門前，對當時十歲不到的我是挺難理解的。及後在大學裏因為課程的關係看了《菊豆》和《秋菊打官司》，也是似懂非懂的，印象中就只覺得張導的戲都是悶悶的土黃色和大紅色的，到最近才明白他要描述的七十和八十年代的中國就真的是這兩種顏色的……

時代不同了，我想打從《十面埋伏》和《滿城盡帶黃金甲》開始，張藝謀已經開始了他部署的改變。《紅高粱》年代是前無古人的經典，《英雄》時代是步向國際的轉向，而《歸來》是張藝謀經歷淨化後的回歸，戲中展現的不再只是土黃和大紅，而是更富層次、更細膩的感情色彩。戲中也見到不少張導著意改變拍攝手法的痕跡，譬如說是丹丹知道媽要冒險去見逃亡的爸的時候，代表丹丹的視覺的鏡頭把媽要帶給爸的包袱拉近畫面的那一幕和其他幾個運用了類似手法的人物特寫，這幾個鏡頭足以令觀眾明瞭張導的刻意轉變，卻美中不足的令畫面顯得突兀。

《歸來》寫的不是大是大非批判諷刺，而是時代中的人文情感，是男女之間的不棄不離、是父女之間的陌生感情、母女之間的恩怨、是人們對抽象意識的迷信和臣服，大概人到了某個年紀都體會在時代巨輪之中，只有人與人之間的感情才最值得珍視。

我佩服張藝謀敢於改變的襟懷，期待他下一部的全英文作品《長城》。

《黃金時代》

——在亂世中尋覓前路

電影簡介是這樣寫的：「故事講述民國四大才女之一蕭紅（湯唯飾），一生短暫卻好比波瀾壯闊，她經歷了痛切心扉的愛情、翻天覆地的時局，擁有過似有還無的理想、掌握以外的宿命……」

身處香港當下的亂世，人自然就想從現實中逃出去，希望從別的經驗中找到出路。如是者看許鞍華的《黃金時代》好像成了一種必然，一來片長兩小時五十八分鐘，能逃避的時間長一點；二來是在亂世中看亂世，怎樣不可能也起碼得到丁點啟示。

蕭紅的一生雖然短暫，但要在一百七十八分鐘內給觀眾呈現她複雜的經歷卻一點也不容易，這一點許鞍華做到了，也恰到好處。儘管不少觀眾也批評《黃金時代》的敘述手法「支離破碎」，倒敘、插敘時空交錯，看得人眼花撩亂，導演壓根兒沒有照顧到觀眾的感受等等，但我倒認為這樣的處理不但免卻了平鋪直敘的悶氣，更告訴了觀眾這不是一套帶娛樂的商業電影，而是一個值得嚴肅地研讀的經歷。

整套電影的主幹是蕭紅，一切都似是聚焦在她波折不斷的感情線上，因此這電影曾經有過《穿過愛情的漫長旅程，蕭紅傳》的名字。然而導演想觀眾看到的絕不只是蕭紅，而是側寫的那個動盪的年代如何成為蕭紅眼中的黃金時代。

二十世紀三十年代的中國是內憂外患的年代，尋常百姓掙扎求存，有能力的青年知識分子或用文字佔領宣傳陣地，或捐軀身赴戰場前線，目的只有一個——保家衛國。那群積極投入戰鬥的青年們出身、成長在不安動盪之中，經歷的盡是苦難黑暗，絕大部份終其一生也沒安定過，更遑論幸福。然而，無論是支持國民黨或者是共產黨的也好，他們都忠於自己所信奉的思想，服從領導者的指揮，敢於犧牲自己，就算要坐牢、被批被迫害和流離失所，也堅持下去，寧死不屈。當時那種敢於犧牲性命的激情和近乎盲目的服從，在今天的自由社會看來可能是無知的行為，但偏偏就是如此，才有成功的一天。

蕭紅一生顛沛，由家鄉哈爾濱私奔出走到北平，輾轉間逃難到過青島、上海、日本、西安、武漢、重慶、香港……在感情上她同樣是波折重重，一次又一次被所愛背叛，兩次懷孕卻都與寶寶無緣……在那個年代她經歷的苦澀其實只是千百萬苦痛故事中的其中一個，我想定必有比她痛苦百倍的人，何以許鞍華就是要拍蕭紅？

蕭紅並沒有如她所愛的蕭軍般既筆伐也親上戰場、投入戰鬥，她拼命追求的只是愛情和寫作，為此她不惜漂泊流離緊緊追隨，自虐地從投入苦難的情緒中尋覓寫作的靈感和題材。蕭紅一方面代表了當時渴望安定的平民百姓，一方面代表了亂世中不甘認命的堅韌精神，加上她在文學和情感上細膩深刻的傳奇，使得她成為了一個值得流傳的電影題材。

《黃金時代》寫的是一個集體的時代，這個年代本應是個絕境，蕭紅卻藉著文學創作得到重生，喜歡文字的朋友看了一定能得到共鳴。

電影看完了，原來我根本不是身處甚麼大是大非的亂世，卻是站立在通往理想的門道上，這正是一個黃金時代。

星際啟示了甚麼？

非劇透、沒劇情解釋、更不會分析任何科學理論（因為唔識……）。

二〇一四年十月三十一日，維珍銀河公司（Virgin Galactic）太空船於試飛時爆炸墜毀，兩名機師一死一重傷。對於升斗市民來說，這是一宗「遙不可及」的國際新聞，一來事件發生在遙遠的加州，二來要上太空好像搭巴士般普及還有很長很長很長很長的時間……因此，絕大部份人很快就忘記了這則新聞。

其實太空旅行已經不是甚麼新鮮的事兒。近十年來，電視新聞不時出現有關太空旅行的報道，重點包括價格不菲的旅費和哪個名人富商打算參加等等。太空旅行早於二〇〇一年展開，第一位非太空人旅客是美國富商 Dennis Tito，當時他停留在國際太空站八天，共花費近兩千萬美元。至二〇〇九年，已經先後有六個人完成太空旅行。

而維珍銀河要開發的是一種提供亞軌道飛行的太空旅遊，亞軌道即近地軌道（Low Earth orbit），是距離地面高度較低的軌道。根據維珍銀河的網頁，這種太空旅遊的目的是讓參加者感受數分鐘的無重狀態和透過太空船內的十二道大窗遠眺太空和地球的景色。旅遊前乘客只須通過三天的準備，包括醫學檢查和認識機組人員等便可成行，一切費用都包括在約廿五萬美元的票價內。

搜尋網上資料，赫然發現維珍銀河不知道在甚麼時候已經委任美麗華旅遊為太空旅遊香港、新加坡、馬來西亞、泰國、菲律賓、印尼及臺灣唯一指定銷售代理旅行社，不單只接受預訂，還提供專線讓顧客向他們的太空專員查詢。原來太空旅遊又不是我們想像中的那麼遙不可及。（有關網址：http://www.hkmiramartravel.com/virgin2/index_c.html）

人類自有能力探索太空開始，各個大國就不斷投入資源研究太空的大小事兒，少至一粒微塵、大至黑洞都成為研究對象，原因很簡單，除了因為人有好奇之心外，就是地球的資源在人類進化的過程中定必會被耗盡，加上人類無法控制和逆轉的自然變化與災害，更促使太空探索的進程。再者，掌握太空奧秘就等於有機會穿越甚至扭轉時間的控制，長生不老不再只是幻想……

其實在各國太空探索計劃背後都隱藏著很多秘而不宣的黑暗內幕。《星際啟示錄》不但要揭示太空探秘背後的不仁，也撕破了人類偽善的面具，當中雖然少不了大美國主義式的煽情場面，但導演卻處理得十分內斂得體。

《星際啟示錄》上演了兩個星期，不少看完的觀眾都會抱怨不明白戲中的科學概念，解釋黑洞、蟲洞、第N次元、視界、牛頓定律等等的文章紛紛出動，一下子我們的天文科學太空知識都豐富了不少。然而，如果大家都肯放下「科幻」的心結，以人性化一點的心態去看待整套電影，劇情可能會來得比我們想像中更平易近人。

蝙蝠影子下的飛鳥

——人生舞臺上的《飛鳥俠》

人生就像是爬樓梯，你總得一步步的攀上去；爬到了某些關口，總有些要達成的任務，熬過了又得往上再攀，再做另一些任務……普通人要攀的階梯已經不簡單，更何況是一個曾經風光的明星？

故事大概是這樣：二十多年前，Riggan 憑藉飾演「飛鳥俠」一角在荷里活走紅，然而這件超級英雄的戰衣只給他帶來了花火般的光輝，贏來了上一代人的掌聲；隨年漸長，飛鳥俠的光環逐漸變成陰霾，Riggan 卻捨不得脫下戰袍。當電影銀幕再容不下這個褪色的老英雄，Riggan 轉向百老匯大舞臺，充當導演兼演員，看上去是影星身分的延續和昇華，實情卻是殘酷現實對他的十面埋伏。

舞臺劇的第一男主角用浮誇的演技告訴他現在的觀眾喜歡看甚麼；女兒用智能手機告訴他 Twitter、Facebook 才是現代人必備的溝通宣傳工具；再加上前妻和女友的埋怨和控訴、自以為是卻舉足輕重的百老匯劇評家的諸多刁難……Riggan 對外要力抗眾人的嘲弄否定，對內要掙脫飛鳥俠的心理枷鎖，看似已走到階梯盡頭的 Riggan 最終能否衝出圍城？

電影《飛鳥俠》中沒有超級英雄，只有不爭的現實。無論你是普通人還是大明星，歲月總會想盡辦法令你知道它不饒人，特別是現在這個高清無隱私的互聯網時代，你稍一分神便會在時間線上留下污點，你不趕緊腳步就會在轉瞬間給淹沒。

在全程一百一十九分鐘的電影中用上節奏感強烈的配樂，鼓聲部份格外吸引，同時暗黑的後臺、前臺場景佔上了三分之二的時間，似在暗示人生大部份時間都如在戲中，容易蕩失，似夢迷離。（可到 YouTube 收聽電影的完聲大碟）

究竟是誰給我們的人生設限，定下種種的任務和死線：上學讀書、考試升班、工作賺錢、升職加薪、追名逐利、成家立室、生兒育女、退休享福……而這條人生階梯又是否只能往上爬，不許人停步休息或者是退回重整？

看完電影之後我對飾演男主角 Riggan 的演員大感興趣，於是去查一下他的來歷，怎料一查之下：Oh! My God! 他就是小時候我在明珠臺中看過無數次的最印象深刻、最型的蝙蝠俠（就是有企鵝人和貓女的那一套）！！原來他叫 Michael Keaton，飾演蝙蝠俠的時候已經要追溯到一九九二年，即是廿九年前了，那時候他大概四十歲，正值盛年的他演過了蝙蝠俠之後一直載沉載浮，直到今年才再次在《飛鳥俠》中擔正演出。值得替他高興的是 Michael 早前已經憑 Riggan 一角獲得本屆金球獎音樂或戲劇類最佳男主角，也得到了本屆奧斯卡金像獎最佳男主角的提名。

《飛鳥俠》諷刺荷里活式的名譽，也質疑社會對人生的設限，究竟設法衝破界限是勝利，還是默認了種種限制的存在？且看你會否從戲中甚或是 Micheal Keaton 身上找到答案。

西九戲曲中心粵劇新星展《佘太君掛帥》

如果不寫這個，實在說不過去。

剛過去的初三（按：二〇一五年二月二十一日），我去了高山劇場新翼「睇大戲」，是我的第一次。我不是專業的劇評家，對粵劇更是一竅不通，寫的純粹就是為了道出那份感動和難忘。

眼前七成以上等待入場的觀眾都是公公婆婆，入場前我已在躊躇該在哪個分段提早離場，生怕被悶壞，更怕的其實是自己看不懂……當晚的劇目是《佘太君掛帥》，是西九戲曲中心粵劇新星展的頭炮節目，看前一晚已在電視新聞上看到有關的報道，知道擔綱的一眾新星接受了一個月的訓練，由著名老倌家英哥一手策劃。

晚上七時半，節目準時開始，先是三個短劇，其中《仙姬送子》由家英哥以潮語主演，我在字幕的輔助下尚算明白劇情。看著我熟悉的「唐僧」和「達聞西」搖身一變成了臺上的「董永」，年近古稀仍能矯健靈活地擺功架、運中氣、時而跳蹬，時而蹲踞，由戲棚到銀幕再回到臺板，到今天仍不遺餘力提攜後輩，委實令我敬佩萬分，難怪他一出場全場掌聲雷動。

八時左右，《佘太君掛帥》正式上演，對劇目不熟悉的我本能地往場刊查找答案：故事發生在北宋，遼兵入侵，忠烈之後楊家七子與老父赴戰，被奸臣潘洪所害，最後只餘六郎倖存，回家後其母佘太君和各兒媳哀慟不已，惟宋帝偏袒愛妃的父親潘洪，佘太君心灰意冷，辭官歸里。及後遼兵再犯，宋帝到楊家求帥，最後佘太君領六郎和一眾兒媳出征，殲滅遼寇。這些情節倒令我記起小時候早上看過的一套重播的電視劇——《楊門女將》，噢！原來《佘太君掛帥》正是其相關的故事。

劇中擔綱的演員絕大部份都是年輕一輩，有在廣東粵劇學校畢業，再到演藝進修的，有在美國、香港的大學畢業後踏臺板的，更有從兩、三歲開始就接觸粵劇、拜師學藝的，聽説最年輕的、飾演「佘太君」的小伙子只有二十一歲。

劇中每一幕的演出都絕不兒戲：演員們的戲服頭飾閃閃生輝，個個化起妝來都甚具舞臺韻味，面對長而繞口的詞句雖然偶有差池，無傷大雅之餘亦突顯了演員的臨危不亂；唱戲的時候我隱若感受到他們在戲服底下的青澀，從武打的情節和步法也看得出他們的功架略有生澀，但一幕幕真誠用心的演出就正好補足了他們尚欠的老練。

看著看著，我跟在場的觀眾一樣愈來愈投入，完全忘了時間，尤其是戲的中後段，佘太君領六郎、六娘和七娘上金鑾告狀至太君領兒媳們翻山越嶺出征剿滅遼將幾幕，一眾女將英姿颯爽，輪流展示身手：騰跳、跟斗、一字馬、舞刀弄槍痛擊敵軍，看得人痛快淋漓，完全不覺演出長四個多小時之久。

在這個高科技主導的年代，莫説是傳統，就連剛推出的新款手機也會疾速褪色，在眾多的不了解和誤解下，粵劇早已被邊緣化至幾近消聲匿跡的地步。誠如家英哥所言，粵劇是一門要求演員投放多年歲月浸淫的藝術，要見十足功架絕非一朝一夕的事，眼前這一群敢於為夢想而犧牲的年輕人在舞臺上的投入和在舞臺下的認真更見可貴，望他們繼續努力，傳承這門人類非物質文化遺產。

從沒有看過粵劇的現代人，你們好應該就趁還沒失去的時候去看一次，而我已經準備好看第二、第三齣甚至更多的大戲了。

《重返20歲》

——一套被演員演活的電影

試想像一下，你到了七十歲的年紀，有兒有媳有孫兒，生活安穩。然而，在平靜的背後，原來兒子、媳婦甚至你最寵的孫兒都漸漸開始嫌棄你了，正在商討把你送到護老院去。

你在大街上躊躇著，盪到一間雅緻的攝影室，老闆熱情招待，你盛情難卻，就依他的意思拍了一幀照片，在鎂光燈閃爍的一剎，你昏睡過去，醒來後你變回二十歲的你，而時光卻沒有同步倒流……

《重返20歲》是一齣極具臺灣味道的內地電影，從主角到場景到對白，都滲透著一種小清新氣息；劇情方面，那種無傷大雅的犯駁和暖心的小溫情讓觀眾看到了韓劇的尾巴，的確，這是一套改編自韓國電影《奇怪的她》的作品。

看電影時，我已覺得女主角（年輕版的婆婆）很眼熟，有陳妍希的輪廓，也有桂綸鎂的氣質，原來她就是《致我們終將逝去的青春》的女主角楊子姍。雖然她演戲的經驗不多，但對於角色的揣摩，就比很多當紅的大明星更要到家。你可能覺得演一個二十歲的女生對楊子姍來說毫無難度，那就跟演她自己沒甚麼分別，但事實是她在戲中演的是一個掛著青春臉孔、卻懷著老婦心態的人物，要把這點發揮得恰到好處便要看演員的功力了。大家看這套電影的時候不妨多留意她自然流露的小動作和說話的語氣。

而戲中另一個亮點就落在現時八十多歲的王德順身上，他的角色是婆婆家小時候的管家李大海，一直對小姐愛護有加。在戲裏，王德順是個情深的老先生，當他得悉婆婆失蹤（其實就是變年輕了），他寢食難安，甚至比婆婆家人更著緊要找到她，這份帶點愚昧的真情一時看得人捧腹大笑，一時看得人心酸萬分。在戲外，王德順是國內一個老牌話劇演員，過著永不言休的演藝生活，最近他在北京中國國際時裝周 2015／2016 秋冬系列舞臺上走了一場轟動世界的時裝秀，身體力行的告訴我們甚麼是敬業樂業。

這一切背後，導演功不可沒。八十後臺灣新晉導演陳正道拍過《盛夏光年》、《催眠大師》等電影，正處於創作火熱時期的他，這一次把演員的造藝發揮得淋漓盡致，令原來俗套的劇情變得輕鬆利落。

一套被演員演活的電影，不靠金堆玉砌，不靠特技動畫，值得一看。

《無主之城》

——巴西的過去、現在與未來

二〇一六年的奧運會將會在巴西的里約熱內盧舉行，當地政府正努力粉飾城市內的一切。我找來數年前寫的一篇，內容正好跟巴西有關。這一篇是有關一套電影的，它曾經入圍四項奧斯卡獎，算是一套知名的電影，相信不少人也看過。我寫的，正是對電影、也是對巴西這個南美洲國家的感受。

《無主之城》（City of God）是一套沉重的電影，它所帶給觀眾的是一個真實的、有血有肉的巴西。故事的背景是十九世紀六十到八十年代的巴西，地點是里約熱內盧的一處貧民區，主角是兩個在當地成長的小男孩火箭（Rocket）和骰子（Li'l Dice）。

故事以倒敘的方式開始，描述一群二十多歲的青年拿著手槍，為追回一隻在家中逃脫了的母雞，母雞最後逃到馬路中心，持槍的青年們與另外兩個青年隔著母雞互相對望，而四名警察則剛剛駕警車趕到，舉起手槍站在兩個青年的後方。鏡頭就在這一刻凝著，眨眼間，已回到六十年代，開始講述兩個小主角的童年。

電影中的火箭（Rocket）和骰子（Li' l Dice）在貧民區的平房居住，成長中見盡罪惡。他們的哥哥持槍劫掠運送燃料的貨車，後來骰子更提出和參與打劫時鐘酒店的計劃。兩個年紀小小的主角的抉擇為他們的未來寫下了不可逆轉的結局。火箭選擇了用功讀書，為的是將來可靠努力賺錢買到一部相機；在另一邊廂，骰子已投入黑幫勢力，參與販毒和殺人等違法行為。

《無主之城》所要描繪的，是一個政府無法干預、由黑幫與黑幫之間互相競爭仇殺的自治國度。

在《無主之城》看到的一切，至今仍是很多居住在巴西貧民窟的人的生活寫照，據資料顯示，在二〇一〇年，單是里約熱內盧就有十三個貧民窟，共二十多萬人住在各個貧民窟中。①

究竟是甚麼導致貧民窟的產生呢？我們若要得到答案就不得不從巴西的殖民歷史說起，因為它就是一切巴西境內一切貧窮和罪惡的根源。

作為拉丁美洲最大的國家和最大經濟體系，巴西境內蘊含豐富的天然資源，從亞馬遜森林到農產資源，例如咖啡、可可、香蕉、甘蔗和棉花等，到天然礦產如金礦、鐵礦，種種都是足以令巴西致富的物產。

然而，自十六世紀葡萄牙入侵巴西以來，巴西的歷史都是圍繞著被侵略、被剝削和不公平的事跡而成的。

從殖民的初期起，巴西的天然資源即被歐洲諸國看中，從鹽礦、甘蔗到棉花、咖啡和香蕉，無不被歐美諸國以低賤的價格購入。直到十八世紀初，巴西仍舊活在葡萄牙的操控中，葡萄牙為求對巴西的資源得到絕對掌控，下令民間不得私下發展如工業。另外，為保住跟英國的良好關係，葡萄牙又開放在巴西的利益予英國，令巴西的金子大量向英國外流。②

到十九世紀末，巴西開始經歷多次的政權易轉。一八八二年，巴西在葡萄牙親王佩德羅之下建立君主立憲的國家，到一八八九年，軍人曼努埃爾·德奧多羅・達・豐塞卡（Manuel Deodoro da Fonseca）建立巴西聯邦共和國，並擔任第一屆總統。往後的數十年，巴西一直由不同總統領導，國家的經濟卻一直活在殖民地統治的陰霾下。一九三〇年，熱圖利奧・瓦加斯（Getúlio Vargas）就任總統，在他的統治下，巴西的經濟雖然稍有復甦，可惜最後他也因政治因素而下臺。[3]從他自殺前留下的遺書中一段：「我國主要產品咖啡的生產品出現了危機……我們想穩住價格，可我國的經濟因此而受到巨大壓力，迫使我們不得不退讓。」[4]可知，就算當時巴西政府有決心復興國內經濟，改善民生，最終都會因擋不住歐美投資公司的壓力而失敗。

在瓦加斯之後，巴西政局更趨混亂，一九六四年巴西更陷入軍事獨裁時期，一直到八十年代中才終止。往後的軍政府總統，包括卡斯特略・布朗庫（Castelo Branco）、奧雷利奧・德・里拉（Aurélio de Lira）等，都因要獲得外國支持而把國內的經濟利益，如鐵礦和錳礦等以免稅或拱手讓人的方式輸送給美國。[5]直到七十年代末，巴西人民都活在軍政府的統治下。

《無主之城》一片的背景就是六十年代當巴西陷入軍事獨裁的時候。這個時候，政府忙於鞏固自己的政權，以國內的資源換取歐美國家的支持，試問又怎會有時間處理國內的民生問題呢？舉一例說明，一九五〇年代末，美國用鉅款買下英國漢納礦業公司在巴西的業務，而該公司的高層人員不少都在六十年代各屆的巴西政府任部長，並不斷向該公司輸送利益。可見就算巴西已脫離殖民統治，但她始終遺傳了被殖民的基因，軟弱的巴西政府無力向歐美強國反抗，最後只得犧牲國內礦業和農產等利益，令國內工人和農民活在剝削下。

在歐美各國的剝削下，人民生活得不到保障，黑幫勢力應運而生。黑幫在各地的貧民窟建立勢力，他們招攬年青人甚至小童加入，進行犯罪活動。誠如《無主之城》一片中，小主角自小在充滿黑勢力的環境長大，貧窮的生活令他們絕少抵受得住金錢的誘惑，最後他們當中很多都在童年時便加入了黑幫。

毒品的販賣於一九七〇年代開始在巴西漸趨嚴重，這是由於哥倫比亞和意大利黑幫開始選用新的航線，經巴西把毒品如可卡因和大麻等運往歐洲和美國。自此，巴西的里約熱內盧和聖保羅等城市就成為了毒品的加工和轉運的工地。⑥順理成章地，黑幫勢力就利用貧民窟內不受政府和警察干預的特點，把貧民窟變成毒品的集散地。在《無主之城》中，毒品的製造和販賣都在貧民窟內進行，不少參與販賣的年青人都染上毒癮。透過販賣毒品，主角骰子在約二十歲的時候（片中的七十年代）已成為不愁生活的小富翁，手戴兩隻金錶，家中有數盒珠寶飾品，晚上不時到的士高消遣。影片中，不少小孩望見比自己年長幾年的黑幫少年拿著手槍便可呼風喚雨的樣子都趨之若鶩，因此，片中不少小孩都選擇加入了以骰子為首的黑勢力，把罪惡沒完沒了地延續下去。

在《無主之城》一片中，槍械幾乎是貧民窟中每個居民的隨身物品，當中如小主角骰子般大約八、九歲的小孩子使用槍械的純熟程度令我感到十分震撼。戲中童黨們拿著手槍搶劫、指嚇和欺凌別的小孩的畫面不勝枚舉，不少殺人的場景更在輕快的配樂下進行。這告訴我們甚麼呢？在六十至八十年代，巴西政府沒有限制槍械的擁有和使用。黑幫勢力為了維護和拓展自己的毒品生意，都傾向使用暴力解決問題。因此，鏡頭中的無主之城得以成為一個由黑勢力自治的一個國度，實在跟當時政府沒有對槍械嚴加管制有密切的關係。在影片裏，警察被描寫成幾近無能的事物，在影片的末段，鏡頭回到持槍的青年們與另外兩個青年隔著母雞互相對望，而四名警察則剛剛駕警車趕到，舉起手槍站在兩個青年的後方的場面，四名警察見到黑幫青年人數眾多，就算被黑幫少年恥笑為懦夫都不理，最後竟落荒而逃。政府的無能令貧窮、黑幫和毒品的問題無休止地惡化，無主之地的惡果只好一代一代的傳下去。

一九八〇年代中期，巴西終於結束了軍事獨裁時期，新共和時期開始，當時的巴西政府著手處理軍政府流下的政治、經濟和民生問題，但由於這些問題積存已久，實非朝夕可改變的。

直到二〇〇三年，盧拉．達．席爾瓦（Lula da Silva）就任總統，推行一系列的改革，包括在二〇〇四年推行管制槍械的法令，實行槍械發牌制度和禁止民眾在公眾場合攜帶槍械。⑦此外，盧拉亦擴大家庭補貼，令一千多萬家庭每月可獲得最少七十美元的補助等。⑧以上措施令巴西衰弱的經濟民生漸見起息。在民生方面，貧民的數目在二〇〇一年至二〇一一年間減少了一千零四十萬；⑨在農業方面，根據國際咖啡組織（International Coffee Organization）統計，二〇〇一年至二〇一一年度首六個月之間，巴西便出口了 18, 291,000 袋咖啡予世界各地，穩佔最大出口咖啡國的位置；在社會方面，巴西成功爭取到二〇一六年在里約熱內盧奧運主辦權等等……凡此種種，都給外界巴西正在穩步向上的印象。

二〇一一年四月七日，中國共產黨新聞網以「拉美十年勢頭旺」為題，指出「成千上萬的巴西人開始享受經濟好轉所帶來的消費快樂」，又指出按國際貨幣基金的計算，最近十年巴西人均國內生產總值增長了162.8%，巴西人均國內生產總值於二〇一〇年超過一萬美元，到二〇二〇年，更會增至一點六萬至二萬美元。[10]

事實上，巴西國內的情況又是否如文中報導一樣樂觀呢？

事實上，在盧拉的領導下，巴西國內的社經民生問題雖有改善，但並非完全被解決。在經濟上，巴西的國內生產總值的增長的確令人對她刮目相看，但其中四成七集中在國內百分之十的富人手中，而國內主要的貧窮人口只可分享到當中百分之零點七的成果。[11]

在社會民生方面，根據巴西當局統計，二〇〇三年有四萬人死於與槍械有關的案件中，[12]而在二〇〇六年，單單在里約熱內盧就有六千人死於與槍械有關的案件。⑬此外，巴西的毒品問題仍舊嚴重，巴西全國城市聯盟於二〇一〇年估計，未來幾年將會有三十萬青年因吸食毒品死亡。⑭

從《無主之城》中，我看到巴西的痛。六、七十年代小孩與青年紛紛投入黑幫懷抱，斷送自己的未來。時至今日，巴西的種種社會問題，如貧窮、販毒和社會不公平等仍然嚴峻，可怕的是，歐美甚至中國紛紛把關注放在巴西強勁的經濟增長，完全漠視巴西內部的社會問題。或許歐美諸國以至中國都只想從巴西得到經濟上的好處，因此諸國都以巴西的經濟強勢掩飾巴西國內的種種問題，但假若巴西要擺脫被殖民的陰霾和被別國剝削的命運，新任總統迪爾瑪・羅塞夫（Dilma Vana Rousseff）必須以解決國內貧民問題為要務，以帶領人民脫貧、改善人民生活質素和受教育機會等為目標，才能令巴西完全擺脫被剝削的命運。

注釋：

① Rio De Janeiro. "Conquering Complexo do Alemão" 26 May 201 http://www.economist.com/node/17627963〉
② 愛德華多．加萊亞諾：《拉丁美洲被切開的血管》（北京：人民文學出版社，2001），頁48-51。
③ 馬耀撰；高思謙譯：《巴西史》（臺北：商務印書館，1978），頁121-130。
④ 同注②，頁100。

⑤同注②，頁 150-154。

⑥Zaluar, Alba . "The drug trade, crime and policies of repression in Brazil." Dialectical Anthropology 20, Number 1 : 95-108.

⑦Longley, Robert. "Brazil Implements Strict Gun Control Measures." 22 July,-2004

⑧〈盧拉時代將完　巴西走向何方〉，《太陽報》，2010 年 10 月 3 日

⑨〈政策奏效 巴西貧民區人口減 16%〉，《大紀元時報》，2010 年 3 月 23 日 http://www.epochtimes.com/b5/10/3/24/n2854973.htm〉。

⑩〈拉美十年勢頭旺〉，中國共產黨新聞網，2011 年 4 月 7 日

⑪〈巴西貧富懸殊影響經濟平衡發展〉，《大紀元時報》，2010 年 12 月 23 日 http://www.epochtimes.com/b5/10/12/24/n3122254.htm〉。

⑫Shelley de Bottom. "Enforcing Brazil Gun Laws, eight years later." 11 May, 2010 http://www.comunidadesegura.org/en/STORY-enforcing-brazils-gun-law-eight-years-later〉.

⑬Downie, Andrew. " Brazil' s slums face a new problem : vigilante militias." 8 Feb 2007

⑭〈巴西毒品泛濫問題嚴重〉，中國評論新聞網，2010 年 12 月 14 日 http://www.chinareviewnews.com/doc/1015/3/7/7/101537761.html?coluid=7&kindid=0&docid=101537761〉。

《一切從音樂再開始》

——在音樂中溫柔地不妥協

《失蹤罪》太黑暗；《麥兜．我和我媽媽》太有童真；《黃金時代》無早場……

根據 Elimination 的法則，我最後在揀無可揀的絕路下買了《一切從音樂再開始》的票，打發這一個一定要給消磨的早上。

對女主角 Keira Knightley 的認知只停留在海盜的層次、對音樂的熱忱也近乎零的我就這樣抱著「過日晨」的心態入場。這套已上畫一個月的電影，究竟有甚麼吸引力令 9:05 的早場也近乎滿座？

落泊的酒吧場景一次又一次又再一次上演，觀眾藉此逐步重組兩位主角 Gretta（Keira Knightley 飾）及 Dan（Mark Ruffalo 飾）相遇、相知和相扶持的音樂旅程，見證兩人怎樣從音樂再開始他們的人生。一個感情失意、曾經熱愛音樂的女生碰上事業家庭雙雙失陷的過氣音樂監製，在對的時間遇上對的人、做了對的決定和對的事。整個自資出碟的勵志故事沒矯情的情節，也沒有把原創音樂過分放大、放在喧賓奪主的位置，一切都恰到好處。

同一個時空，不同的人各自有著自己的故事，人與人之間能否接通彼此的生命線除了靠主角有否踏出第一步之外，也很視乎兩人之間有沒有彼此相通的載體，而這次導演就選用了音樂貫穿整套電影。由 Keira Knightley 主唱的“A Step You Can't Take Back” 無論是結他版或者是電影現場配樂版都很耐聽，前者苦澀清新，後者能突顯每件樂器的真實感，很特別；Keira Knightley 版本的“Lost Stars”比 Adam Levine（電影中飾演 Gretta 的男友 Dave，現實中是樂隊 Maroon 5 的主音和結他手）來得更動人、更值得欣賞。

本片另一個亮點是兩位主角的不妥協、不低頭。Gretta 明明要向耗盡旅費的現實低頭、明明可以接受不忠男友搖尾乞憐的道歉，回到他身邊，但是她沒有；Dan 明明要接受自己是個婚姻失敗者、是個窮途潦倒的失業漢、是個與當下音樂行業脫節的失業監製，但他卻不就此認命；兩人明明要向既定規則妥協，在錄音室錄歌，但最後他們把心一橫，上街就地錄音；同樣地，電影的結局也是一個不妥協的體現。

的確，人人都想打破宿命，幹一番大業，但立志之後又會因種種困難而退縮。其實說穿了，絕大部份的限制都是庸人自擾，成功與否其實就只看你有否膽量和助力（電影中兩位主角除了靠自己之外，亦得到不少好友相助）。

這，就是人生。

我欣賞導演John Carney的我行我素，選取較小眾的音樂為題材，也欣賞他能把故事與音樂平衡得宜。翻查資料，John Carney既是導演，也寫劇本，對上一部電影作品已經是二〇〇六年的《一奏傾情》（ONCE），也是以音樂為題。

從大英雄說到卡通

本以為卡通動畫是上天給小孩的童年禮物，但這些年純為兒童而創作的卡通早已不復存在，更多時候是多了商業和經濟效益等種種考慮，加上動畫科技不斷優化，可怕的三維動畫奪去了二維平面的純樸、震撼的環迴配樂掩蓋了恬靜、高清像真把觀眾從世外桃源拉回現實……卡通早已不再卡通。

最近看了 Big Hero 6（中譯《大英雄聯盟》），兩位導演 Don Hall 和 Christ Williams 分別拍過迪士尼的《泰山》和《花木蘭》，配合《魔雪奇緣》（Forzen）的製作班底，不但票房有保證，片中也少不了混雜、戲謔等多元元素。故事發生在一個叫 San Fransokyo 的虛構地方（中譯三藩京市），在這個介乎現實與想像的空間中到處可見盛開的櫻花樹、類似金門大橋的紅色大橋、日式寺院、家庭式經營的快餐店、典型美式橫街後巷內的黑幫地盤，富美日合資經營色彩的高科技機械人學院建築、奸角戴上恐懼鬥室跟日本摔角面譜的混合體面具、六位主角英雄其實就是按照日本戰隊模式而創造的：紅戰士、藍戰士、黃戰士、綠戰士……由場景到人物造型每每都是美日混雜，空間交錯。

故事雖不複雜懸疑，但也不純粹兒戲。十四歲的神童主角 Hiro Hamada 由街頭砌機械人格鬥的廢青變成高科技機械人學院的準大學生，面對突如其來的巨變，再次陷入頹勢，此際外型惹人喜愛的醫神機械人 Baymax 出現，引領主角重新開展人生旅程。毋庸置疑 Big Hero 6 是一齣節奏明快、畫面豐富又有教育意義的電影，當中不少情節提及做事要 "Think the other way round"，末段也教人放下仇恨。

今時今日的卡通片不再只是由一幅幅靜止的影格串聯而成，大量的電腦特技增加了製作成本，受眾的層面一定要相應提高才能穩定收入，因此目標觀眾年齡層由幾歲一直擴展到幾十歲，小孩看完之後未必立即明白背後道理，但定會迷上隨之而來在反斗地、麥當勞發售的玩具產品；大人則可當劇情片來看，因為卡通動畫電影早已不是超人打怪獸、王子救公主、主角大冒險般幼稚簡單。

究竟是卡通隨著我們長大而長大，還是我們都太過一廂情願？

翻查維基百科資料，「卡通」一詞源自中世紀，用於壁畫製作，意大利文“cartone”一字（意指大張紙）是指在紙上繪畫上一比一的草圖，以研究進行進一步的美術創作，及後到了十九世紀才被應用到印刷媒體，指一些帶幽默色彩或諷刺性的繪圖，中學時在歷史書上看到的「列強瓜分中國」圖就是當時的卡通。直到二十世紀初才演化成現在我們心目中那種純為小朋友而製作的模式。

原來卡通本來就不卡通，它從來沒有應許我們一個純真的天堂，也許從今天起卡通的意義就真的要改寫了。

導演先生的完美假期

對好些人來說，《那裏是天堂》簡直的地獄。

是被電影簡介欺騙了嗎？喜劇？把電影的導演伊利亞蘇里曼（Elia Suleiman）媲美巴士達基頓（Buster Keaton）？戲中精心布置了連場滑稽的動作乎？全長一〇二分鐘的電影，主角（即導演自己）的對白五隻手指可數；鏡頭下的他或呆站或呆坐，說他神態自若又嫌他太過刻意，說他呆若木雞又倒覺他像個智者。電影敍事肢離破碎，欠缺戲劇張力，究竟導演在搞甚麼？

《那裏是天堂》是一個有關巴勒斯坦的故事，但整套電影不聚焦在巴勒斯坦，重點放在主角於法、美兩國的所見所聞。導演沒有交代故事的來龍去脈，人物也欠缺刻劃，觀眾就在含糊的背景下跟著主角的視角推進，由巴勒斯坦飛到法國，再飛到美國，最後回到巴勒斯坦。

長久以來巴勒斯坦都是被凝視的對象，大部份人透過主流媒體能看到、知道的都是被西方國家表述下的巴勒斯坦：反抗、混亂、漫天戰火、武裝衝突、貧困落後、錯綜複雜、糾纏不清。

作為巴勒斯坦人，伊利亞蘇里曼透過鏡頭以近乎監視（surveillance）的方式，赤裸裸地表達種種凝視（gaze）背後的權力和慾望，[1] 有趣的是這一趟巴勒斯坦不是被凝視的對象，而是導演透過主角以觀者的姿態凝視法國和美國兩地的光怪陸離。

自由、平等、博愛的背後，花團錦簇的時裝天橋以外，主角看到巴勒斯坦的影子，也看到比巴勒斯坦更荒謬的人和事。坦克車隊和馬隊浩浩蕩蕩駛進香榭麗舍大道、軍機轟隆轟隆地飛越巴黎上空、晚上煙火猶如炸彈般在屋頂綻放，法國國慶日的閱兵儀式彷佛是一場沒有流血的戰爭；那個眼神凶狠、在地鐵一直盯著主角的醉酒大隻怪男；那輛負責派送食物予露宿者的救護車；那條領取教會食物援助的人龍；那些圍在水池旁邊爭奪椅子的自私人群……導演刻意把巴黎的街道清空，突出每一幕他想你看到的情景，其實這一切法國人早已習以為常，就像水池旁撐著拐杖的老婦一樣，座位被青年搶佔，她毫無反抗餘力，只好默然接受離開。

電影完結時，銀幕映出向約翰伯格（John Berger）的致謝，整齣電影直白地展現了伯格「觀看先於言語」的觀點，導演要我們專注於視覺感觀，忘記聲音和文字的序述，全情投入眼前的一切。

除了約翰伯格的「凝視」，電影也讓筆者想到薩依德（Edward Said）的東方主義（Orientalism）[2]，東方（the Orient，泛指的近東、中東、遠東地區）總是被歐美為重心的西方（the Occident）視作較低等的他者，西方人透過闡明自身與東方的差異，確立他們對東方預設的刻板印象（神秘、異質、落後、需要被管制等），從而建構西方作為權威的支配地位。在電影中，導演試圖以主角在西方國家的所見所聞顛覆西方一直以來努力建構的光鮮形象，縱然這道厚厚的高牆不能一擊即碎，但這裏已經引出很多值得思考的地方。

如果以書作比喻，《那裏是天堂》不是小說，而是散文集，它適合作通識教材：片段式的情節用作討論的材料最好不過，淺白直接的表達手法更是討論深奧概念的最佳切入點。任何一齣電影，你能看出它的可愛的地方和可用之處，都是一齣好的電影。

注釋：

① 詳參 Berger, John. Ways of seeing. Penguin Classics, 2008.

② 詳參 Said, Edward W. Orientalism. New York: Pantheon, 1978.

後記

有時候，我懷疑自己是一尾金魚。

有說金魚只有數秒的記憶，這實在貼切形容此刻的我：落筆撰寫後記前的數天，我的小書舍剛開始試業，加上繁重的公司業務，忙成一團亂，很多該做的事情轉個頭便忘記。

人生的路很長，有時候不知道該怎麼走、甚或是能不能走下去，我們難免會有很重的無力感。自二十多歲、跟無憂無慮的學生時代說再見起，開始遇到種種複雜糾結的人生問題：感情、事業、生離死別、存在的意義等……漸漸地發現書是我最大的依靠，遇上哪種問題，總都習慣流連書店，買一些相關的書籍，安慰和安全感通通都由書而來；又，遇上失落孤單的時候，我把書桌上的書逐一翻翻，看看自己擁有的原來都不少，每一次總能在淚光下滲出淡淡的、滿足的笑容。在每一次迷失之後，我發現書終究是我念念不忘的唯一。

文字是個好東西，它為我們承載回憶，讓忘記的人記起、讓不了解的人知道、讓後來的人發現。

這本小書記錄了我對這個城市一點一滴的感情，當中可能是你我共有的感受和經歷，因為我們都是熱愛香港的人。

感謝阿濃，他總是溫柔地為後輩送上鼓勵；感謝Amy（李慧心教授），無論工作多繁重，她總是善良和認真地對待生活每一個細節；感謝初文的黎社長，他總是耐心地等待我的回覆；感謝提議用上這個書名的好朋友；感謝所有在過程中協助出版這本小書的朋友們。

記得在忘記之前，趕緊把一切記下。

小書

二〇二一年四月

小書作品集

小情書（平裝版）

作　　者：小　書
責任編輯：黎漢傑
封面設計：Zoe Hong @MEYOU PRODUCTION
法律顧問：陳煦堂 律師

出　　版：初文出版社有限公司
電郵：manuscriptpublish@gmail.com

印　　刷：陽光印刷製本廠

發　　行：香港聯合書刊物流有限公司
香港新界荃灣德士古道 220-248 號
荃灣工業中心 16 樓
電話 (852) 2150-2100 傳真 (852) 2407-3062

臺灣總經銷：貿騰發賣股份有限公司
地址：新北市中和區中正路 880 號 14 樓
電話：886-2-82275988 傳真：886-2-82275989
網址：www.namode.com

版　　次：2022 年 7 月初版
國際書號：978-988-76254-9-0
定　　價：港幣 88 元 新臺幣 270 元

Published and printed in Hong Kong

香港印刷及出版